PSYCHO BOYS 2

DU MÊME AUTEUR

Série PSYCHO

Psycho Boys, roman, Les Éditions Hurtubise, 2012.

Série ARIELLE QUEEN

La société secrète des alters, roman, Les Éditions des Intouchables, 2007.
Premier voyage vers l'Helheim, roman, Les Éditions des Intouchables, 2007.
La riposte des elfes noirs, roman, Les Éditions des Intouchables, 2007.
La nuit des reines, roman, Les Éditions des Intouchables, 2007.
Bunker 55, roman, Les Éditions des Intouchables, 2008.
Le dix-huitième chant, roman, Les Éditions des Intouchables, 2008.
Le Voyage des Huit, roman, Les Éditions des Intouchables, 2009.
Le règne de la Lune noire, roman, Les Éditions des Intouchables, 2009.
Saga Volsunga, roman, Les Éditions des Intouchables, 2010.
La Dame de l'ombre, roman, Les Éditions des Intouchables, 2011.

Série SOIXANTE-SIX

Les tours du château, roman, Les Éditions des Intouchables, 2009.
Le cercueil de cristal, roman, Les Éditions des Intouchables, 2009.
Les larmes de la sirène, roman, Les Éditions des Intouchables, 2010.
Les billes d'or, roman, Les Éditions des Intouchables, 2011.

Série WENDY WAGNER

Mort imminente, roman, Éditions Québec Amérique, coll. «Tous Continents», 2011.

Série CLOWNS VENGEURS

Concertos pour Odi-menvatt, roman, Éditions Porte-Bonheur, 2012.

Autres romans

Samuel de la chasse-galerie, roman, Éditions Québec Amérique, coll. «Titan +», 2011.
L'Ancienne Famille, Éditions Les Six Brumes, coll. «Nova», 2007.

MICHEL J. LÉVESQUE

PSYCHO BOYS 2

Hurtubise

Catalogage avant publication de Bibliothèque et Archives nationales du Québec et Bibliothèque et Archives Canada

Lévesque, Michel J.

Psycho boys

Texte en français seulement.

ISBN 978-2-89723-315-0 (v. 2)

I. Titre.

PS8623.E946P79 2012   C843'.6   C2012-941922-2
PS9623.E946P79 2012

Les Éditions Hurtubise bénéficient du soutien financier des institutions suivantes pour leurs activités d'édition :

- Conseil des arts du Canada ;
- Gouvernement du Canada par l'entremise du Fonds du livre du Canada (FLC) ;
- Société de développement des entreprises culturelles du Québec (SODEC) ;
- Gouvernement du Québec par l'entremise du programme de crédit d'impôt pour l'édition de livres.

Images de la couverture : Éric Robillard, Kinos ; Валентин Агапов, iStockphoto.com
Graphisme : René St-Amand
Mise en pages : Martel en-tête

Copyright © 2014, Éditions Hurtubise inc.

ISBN 978-2-89723-315-0 (version imprimée)
ISBN 978-2-89723-316-7 (version numérique PDF)
ISBN 978-2-89723-317-4 (version numérique ePub)

Dépôt légal : 2e trimestre 2014

Bibliothèque et Archives nationales du Québec
Bibliothèque et Archives Canada

Diffusion-distribution au Canada :
Distribution HMH
1815, avenue De Lorimier
Montréal (Québec) H2K 3W6
www.distributionhmh.com

Diffusion-distribution en Europe :
Librairie du Québec/DNM
30, rue Gay-Lussac
75005 Paris FRANCE
www.librairieduquebec.fr

Imprimé au Canada
www.editionshurtubise.com

Pour Claudette, Mariève et Simone.

Les femmes de ma vie.

« *Un visage est-il un masque de comédie posé sur la tragédie de l'âme ?* »

– Shan Sa, extrait de *Alexandre et Alestria*

« *Il n'y a qu'un vilain homme qui puisse prêter la main à l'oppresseur contre l'opprimé.* »

– Proverbe algérien

« *Voici venir l'hiver, tueur de pauvres gens.* »

– Jean Richepin,
extrait de *La chanson des gueux*

Abigail et le Coronet

Était-ce un rêve ou un souvenir ? Abigail n'en était pas certaine. Sa vision demeurait floue. Avait-elle les yeux ouverts ou fermés ? Était-elle consciente ou non ? «Peut-être les deux à la fois», conclut-elle en observant la scène avec détachement. Elle se voyait dans un endroit isolé, en train de couper la langue d'une jeune femme, Betty McCoy, avec un couteau de pêche. «Maintenant, tu ne pourras plus te moquer de personne», avait-elle dit à sa victime en glissant l'organe charnu dans sa poche. Pour une personne normale, cette scène aurait pu tenir du cauchemar, mais pas pour elle.

Abigail, nouvellement tueuse en série fugitive, était incapable de ressentir la moindre compassion envers ses frères humains. Pour cela, il lui avait suffi d'interrompre sa médication et de retirer son bracelet de repérage. Ainsi, elle ne pouvait plus être localisée par les autorités, et elle partageait désormais le destin des autres vilains en cavale; élevés au rang d'ennemis publics dans tous les États américains, ceux que l'on surnommait les Jack O' Spades n'avaient d'autre choix que la fuite et l'anonymat pour continuer d'assouvir leur soif insatiable de sang et de domination.

Pour les Spades, tuer était devenu un acte délibéré, qui leur procurait plaisir et soulagement, ainsi qu'un profond sentiment de puissance. «Une démarche essentielle à ma survie», s'était convaincue Abigail après son premier meurtre. Ce rituel servait non seulement à maintenir son équilibre mental, mais aussi à combler son irrépressible besoin de contrôle. Certaine d'avoir atteint un niveau de conscience exceptionnel depuis qu'elle avait cessé ses injections quotidiennes de Serexène, la jeune Psycho Girl se sentait supérieure en force et en intelligence à tous les humains qui croisaient son chemin. À ses yeux, ses victimes passées et futures n'étaient que de vulgaires objets avec lesquels elle pouvait s'amuser sans aucun scrupule, pour satisfaire ses nouvelles envies lubriques.

— On doit faire un arrêt avant Bangor, dit une voix lointaine entrecoupée de grésillements.

Cette fois, Abigail en fut certaine : elle avait les yeux fermés. Ce qu'elle avait vu n'était pas un rêve, mais un souvenir remontant à la surface. Dans le chalet de son beau-père, elle avait bien tué Betty McCoy d'une vingtaine de coups de couteau avant de lui trancher la langue. Ensuite, elle s'était rendue chez le marshal Fisher en compagnie de l'agent Troy et de l'autre type qui avait un bras en écharpe. Après l'arrivée de ces hommes dont Troy disait qu'ils appartenaient à une organisation appelée le Coronet, ils s'étaient tous empressés de descendre à la cave pour y confronter Winter Craine. Une fois là, Abigail se souvenait d'avoir parlé au Psycho Boy :

— Tu t'es moqué de moi. Tu m'as utilisée.

Winter s'était fait passer pour un jeune homme du nom de Terry et avait fait croire à Abigail qu'il était amoureux d'elle, dans le seul but de s'approcher de sa mère et de son beau-père, et de les éliminer, tâche qu'il avait accomplie avec la plus grande diligence.

— Absolument, avait confirmé Winter sans aucune gêne.

À la suite de quoi elle l'avait menacé :

— Maintenant, il est temps de payer.

Le Psycho Boy avait rétorqué qu'elle pouvait le tuer de ses mains si elle le désirait. Troy s'y était opposé, jugeant que c'était sans doute une ruse de la part de Winter. Ce dernier avait alors invité Abigail à s'approcher, mais la jeune femme avait décliné. Winter insistait, affirmant qu'il avait un autre secret à lui confier. Un autre secret ? Quel secret ? Elle l'avait oublié.

À partir de cet instant, tout devint confus dans l'esprit d'Abigail. Quelque chose s'était produit – un choc, un impact, une douleur – et elle avait perdu connaissance. Combien de temps avait-elle été dans les vapes ? Elle l'ignorait, mais voilà qu'elle se réveillait enfin.

— Faut faire le plein, déclara la voix inconnue.

Celle-ci résonnait en écho et semblait toujours mêlée à des bruits de friture. «Des parasites radio», réalisa Abigail en ouvrant les yeux. À peine quelques secondes lui suffirent pour comprendre qu'elle se trouvait sur la banquette arrière d'un véhicule. Elle avait les pieds et les poings liés par des menottes en plastique de type Serflex. La partie inférieure de son visage était couverte d'une muselière, comme celles que l'on met aux chiens enragés pour éviter qu'ils mordent. Et comme un chien, elle était bien gardée : deux hommes aux traits impassibles et armés de fusils-mitrailleurs lui tenaient compagnie sur la banquette. L'un à sa gauche, l'autre à sa droite. « Maintenant, je sais comment se sentait Hannibal Lecter », pensa Abigail.

— La prochaine station-service n'est plus très loin. À peine quelques kilomètres, selon le GPS.

La voix provenait d'un récepteur radio situé à l'avant du véhicule. L'appareil était posé sur le tableau de bord, entre le siège du conducteur et celui du passager. Le chauffeur, âgé d'une quarantaine d'années, était chauve et paraissait plutôt grand. Quant au passager, il était de plus petite taille et beaucoup plus jeune ; Abigail lui donnait environ vingt-cinq ou vingt-six ans.

Le récepteur crachota de nouveau :

— Lighthouse et moi nous chargerons de l'essence. Interdiction de quitter vos véhicules, même pour pisser.

Le propriétaire de la voix, ainsi que ce Lighthouse auquel il faisait allusion, se trouvaient assurément dans une autre voiture.

— Bien compris, Flint, répondit le chauffeur dans l'émetteur qu'il tenait à la main. On garde un œil sur elle.

— La jolie poulette a repris connaissance, déclara l'homme armé à sa gauche.

Abigail jeta un coup d'œil à travers le pare-brise, mais ne vit aucune autre voiture. Elle tourna la tête discrètement. Par la lunette arrière, elle aperçut une fourgonnette derrière eux, qui les suivait. Et derrière la fourgonnette roulait un gros utilitaire sport de couleur noire.

« Deux Suburban, une fourgonnette… » songea la jeune femme en se rappelant que les hommes du Coronet étaient arrivés chez le marshal Fisher à bord de ces véhicules. Elle se trouvait forcément dans le deuxième Suburban.

— Vos fusils sont armés ? demanda le chauffeur en tournant brièvement la tête vers l'arrière.

— Et prêts à faire feu, répondit l'homme à la gauche d'Abigail.

— On lui a injecté du Serexène, poursuivit le chauffeur sans se soucier de la présence de la Psycho Girl. Cette merde agit plutôt rapidement à ce qu'on dit, mais il est possible qu'elle ait conservé un peu de sa force et de sa rapidité. Faites gaffe.

— Détends-toi, Milos. C'est rien qu'une minette après tout. Je lui brise le cou comme ça !

L'homme à droite sur la banquette, celui qui n'avait pas encore parlé, pointa son arme sur Abigail.

— C'est ta première mission, Willy, dit-il à l'intention de l'homme de gauche. Tu ne sais pas à qui tu as affaire. Lève ton arme et pointe-la sur elle. Tout de suite !

Le dénommé Willy s'exécuta, sans se priver d'afficher une moue désapprobatrice. Il démontrait un excès de confiance qui déplut à Abigail. Pour qui se prenait-il, cet idiot ? Sans les menottes en plastique qui retenaient ses poignets et ses chevilles, il lui aurait été facile de bondir sur cet homme et de lui briser la nuque d'une seule torsion de la tête.

—J'aperçois la sortie pour la station-service, annonça le chauffeur.

Abigail commençait à ressentir les effets calmants du Serexène, autant dans sa tête que dans son corps. Le médicament agissait, mais elle n'était pas redevenue la fille d'avant, la vilaine répertoriée, faible et docile, qui se contentait de respecter les règles et de mener une vie sans saveur.

Abigail savait que sa force physique exceptionnelle de Psycho Girl ne s'était pas entièrement dissipée. Elle aurait pu tenter de rompre ses liens, mais ses voisins armés auraient eu tôt fait de lui loger une balle dans la tête. Non, il fallait un autre moyen. Un moyen plus rapide. Elle repensa à Betty McCoy et à la façon dont elle l'avait immobilisée sur sa chaise avec du fil à pêche.

«Le fil à pêche...» se répéta-t-elle, tout en se remémorant une autre scène, celle qui avait suivi le meurtre. Une fois son rituel accompli, Abigail avait essuyé le sang sur ses mains ainsi que sur le couteau de pêche qu'elle avait utilisé pour tuer Betty. Elle avait ensuite glissé l'arme dans sa botte. Elle espérait qu'elle s'y trouvait toujours.

Elle bougea son pied et sentit la raideur du couteau contre sa cheville. Les hommes du Coronet l'avaient probablement fouillée avant de la transporter dans le véhicule pour s'assurer qu'elle ne portait pas d'arme, mais ils avaient omis de vérifier l'intérieur de ses bottes.

«La lame est suffisamment affûtée», se souvint-elle. En y mettant la force nécessaire, elle parviendrait aisément à trancher le plastique des menottes.

L'essentiel, pour commencer, était de dégager ses poignets. Les chevilles pouvaient attendre. Dès qu'elle aurait les mains libres, elle pourrait se charger de ses deux voisins.

Ce n'était pas un plan à toute épreuve – l'un des hommes aurait peut-être le temps de réagir –, mais c'était le seul dont elle disposait pour le moment. Il lui faudrait procéder avec vitesse et agilité. Aucune fausse manœuvre ne serait permise. Chaque fraction de seconde comptait.

— … même pas pour pisser… maugréa Willy. Et je fais quoi si je peux pas me retenir, hein ?

— T'as entendu Flint tout à l'heure, non ? rétorqua le chauffeur. On ne sort pas de la voiture. Point à la ligne.

— Ouais, d'accord, mais reste que…

— La ferme, Willy, trancha l'homme assis à la droite d'Abigail.

Willy fixa son compagnon d'un air farouche.

— Te mêle pas de ça, Richardson.

Après avoir ralenti, le Suburban s'engagea dans une bretelle et quitta la route principale. Abigail aperçut l'aire de repos se profilant à travers la vitre teintée de la portière, et plus loin, la station-service. «Dehors, personne ne peut nous voir», conclut-elle en réalisant que la pellicule de polyester appliquée sur les vitres masquait l'intérieur de l'habitacle.

C'était parfait.

Il y avait foule à la station-service. Le véhicule s'arrêta devant l'une des deux pompes encore disponibles. La fourgonnette qui suivit s'immobilisa devant l'autre, tandis que le second Suburban dut attendre en retrait qu'une zone de ravitaillement se libère.

Deux hommes sortirent de la fourgonnette. Sans doute s'agissait-il de Flint et de Lighthouse, les deux types qui devaient se charger de faire le plein pour les trois véhicules.

L'un d'eux se positionna entre le Suburban et la pompe, puis saisit le pistolet et le plongea dans l'accès au réservoir. L'opération ne dura que quelques minutes en tout, ce qui fut néanmoins suffisant pour qu'Abigail élabore son plan. Lorsque l'homme eut achevé sa besogne, il remit le pistolet sur le support et tapa sur la carrosserie du véhicule pour indiquer à Milos, le chauffeur, qu'il pouvait s'éloigner. Une fois la zone libérée, le second Suburban s'avança.

La fourgonnette, quant à elle, n'avait pas bougé. L'homme qui s'était occupé de faire le plein d'essence se dirigeait à présent vers le kiosque de service pour régler la note. Abigail jugea que le moment était venu ; elle n'aurait pas de meilleure occasion.

— Mes chevilles me font souffrir, dit-elle en se penchant vers l'avant pour atteindre ses jambes.

L'homme à sa droite, Richardson, fut aussitôt sur ses gardes. Du bout de son arme, il suivit le mouvement d'Abigail. Le canon visait la tête de la jeune femme et menaçait de faire feu à tout instant. Pour que son plan fonctionne, Abigail devait rapidement neutraliser ce foutu parano. Le type à sa gauche, Willy, était stupide et beaucoup trop sûr de lui. Elle était convaincue que la soudaineté de l'attaque lui ferait perdre tous ses moyens et qu'il se figerait sur place. Inutile d'y réfléchir plus longuement : c'était de Richardson qu'elle devait se débarrasser en premier.

— Holà, tout doux, la prévint ce dernier alors qu'elle feignait de masser ses chevilles à travers ses bottes.

Les longs cheveux d'Abigail cachaient en partie ses jambes et ses mains. Si elle se dépêchait, aucun de ces imbéciles ne la verrait prendre le couteau de pêche.

— Allez, relève-toi ! lui commanda Milos depuis l'avant.

« Tout ce que tu veux, mon chéri… » pensa Abigail qui tenait enfin le manche du couteau. Elle sectionna rapidement ses menottes, puis se redressa d'un coup. Vivement, elle planta la lame dans la cuisse de Richardson, qui poussa un cri rauque avant de laisser tomber son fusil-mitrailleur.

Aussitôt retiré de la jambe, le couteau décrivit un arc de cent quatre-vingts degrés et alla s'enfoncer dans la gorge de Willy. Abigail ramena ensuite l'arme vers Richardson et l'acheva en lui transperçant le cœur. Le passager à l'avant, bien qu'il fût armé, n'eut pas davantage de chance : la Psycho Girl s'empressa de glisser le couteau sous l'appui-tête de son siège et darda l'homme à la nuque, si profondément qu'il mourut sur le coup.

Prisonnier de sa ceinture de sécurité, Milos tenta de se dégager mais ne fut pas assez rapide : la lame entra dans son oreille, avec un angle suffisamment oblique pour traverser les deux hémisphères de son cerveau. Aucun cri ne sortit de sa bouche, qu'un atroce son guttural lorsqu'il expira son dernier souffle.

Abigail coupa les liens qui retenaient toujours ses chevilles, puis jeta un coup d'œil vers l'arrière, par l'une des vitres teintées. Les hommes de la fourgonnette et du second Suburban n'avaient rien vu, pas même celui qui terminait son deuxième plein d'essence. Abigail se débarrassa de sa muselière, attrapa le fusil-mitrailleur de Richardson et se faufila à l'avant. Elle défit la ceinture de sécurité de Milos, ouvrit la portière du côté conducteur et poussa le cadavre hors du véhicule. Le fusil-mitrailleur en main, elle descendit et commença à tirer en tous sens.

N'étant pas formée au maniement des armes, elle dut réajuster le tir plus d'une fois pour atteindre les zones de ravitaillement. Elle espérait toucher les pompes à essence et ainsi provoquer une formidable explosion, comme dans les films. Mais rien ne se produisit.

Après une dernière salve en direction des pompes, elle visa les pneus de la fourgonnette et du second Suburban, les faisant éclater l'un après l'autre. Flint et Lighthouse avaient disparu, sans doute s'étaient-ils abrités derrière le Suburban. Elle aurait bien aimé leur trouer la peau, mais tous deux restaient introuvables.

Une fois le chargeur de son arme délesté de ses munitions, Abigail remonta à bord du Suburban et s'installa au volant. Le moteur tournait déjà, Milos ne l'avait pas coupé. Elle referma la portière, passa en marche avant et appuya à fond sur l'accélérateur, ce qui fit crisser les pneus.

La jeune femme reprit la route, laissant un nuage de poussière derrière elle. Elle n'avait pas à craindre les marshals ni les agents du FBI. Pas pour l'instant, du moins. Ces types du Coronet jouaient la partie de leur côté, sans impliquer les autorités concernées. Mais un témoin de la scène, que ce soit le commis de la station-service ou un client, préviendrait certainement la police d'État, qui patrouillait sur les autoroutes. Il était donc risqué de reprendre la 95 en direction du nord. Abigail opta pour une route secondaire qui menait à une petite ville du nom de Pittsfield. Là-bas, elle changerait de véhicule et trouverait des vêtements pour remplacer les siens, tachés de sang.

UN AN PLUS TARD...

Winter et Misha

— Tu as changé, Winter.

Le jeune homme continua de déboutonner sa chemise, sans adresser un seul regard à sa compagne. Cette dernière était déjà étendue sur le lit, ne portant que ses sous-vêtements.

— Depuis un an, tu n'es plus le même.

Cette fois, Winter interrompit son mouvement. Il releva lentement la tête, mais garda les yeux fixés sur le plancher. «Depuis un an...» se répéta-t-il, plongé dans ses pensées. L'année précédente, presque à la même date, il se trouvait à Fairy Lake en compagnie de Sydney Fisher. Embauché par Peter Lighthouse et le Coronet pour retrouver et éliminer les trois Premiers, il était retourné dans sa ville natale afin de confronter Edward Janssen, le créateur du Patecal, dans le but de lui soutirer des informations. Mais Janssen ne savait rien. Malgré cela, Winter était tout de même parvenu à accomplir une partie de sa mission. Grâce à la complicité de Johnny Fury, il avait réussi à identifier l'un des Premiers, Joshua Troy, et à lui régler son compte. «Tu n'es pas allé là-bas pour tuer ce Premier, lui avait reproché Misha plus tard, mais bien pour protéger ta précieuse Sydney.» Elle n'avait pas tort.

— Tu as commis une erreur en la revoyant, reprit Misha. Ça t'a ramolli.

Winter se débarrassa de sa chemise, puis déboucla sa ceinture.

Sydney était une Junker. Dérivé du néerlandais *jonkheer*, un ancien titre de noblesse, ce mot signifiait jeune seigneur ou jeune damoiselle. La mère de Sydney et d'Ashley avait consommé du Patecal, le médicament responsable de la naissance des Psycho Boys. Le Patecal avait cependant un effet différent sur les jumeaux. Plutôt que d'en faire des vilains, comme avec les enfants uniques, le médicament engendrait un Junker par grossesse gémellaire. On trouvait un Junker dans tous les couples de jumeaux. Sydney, dans ce cas-ci. Les Junkers, au contraire des vilains, manifestaient de la compassion. Ils savaient se montrer sensibles et empathiques, et possédaient un don bien particulier : il leur suffisait d'être attirés par un vilain pour le rendre amoureux. Pour cette raison, ils représentaient une menace pour le SRS et les trois Premiers. Ces derniers avaient réussi à assassiner une cinquantaine de Junkers avant que des parents ne s'unissent au marshal Peter Lighthouse pour former un groupe secret, le Coronet, qui reçut pour mandat de protéger les Junkers.

— Ramolli ? répéta Winter, amusé. Je crois que ça m'a rendu plus fort, au contraire.

Misha secoua la tête, lasse de son déni.

— Tu te berces d'illusions, répliqua-t-elle. Combien de victimes as-tu faites durant la dernière année ?

Il se mit à rire.

— C'est un concours ou quoi ?

— Tu n'as tué personne, Winter.

— Et alors ?

— Nous sommes des prédateurs. Nous commettons des meurtres. C'est notre façon de vivre. C'est un besoin.

Le jeune homme se pencha pour retirer ses souliers et ses chaussettes, puis laissa tomber son pantalon. Il ne portait qu'un slip noir à présent. D'un pas décontracté, il se dirigea vers le lit où l'attendait Misha.

— Tuer est toujours aussi agréable, observa-t-il, mais tu as raison : je n'en éprouve plus le besoin. N'est-il pas préférable de se défaire de ses dépendances, Misha ? Cela ne fait-il pas de moi un homme plus libre ?

Il y eut un silence, pendant lequel elle le dévisagea.

— Tu es sérieux ?

Winter s'installa à ses côtés dans le lit.

— La haine est dévastatrice, affirma-t-il. Elle nous pousse à des extrêmes, mais elle n'est rien comparée à l'amour. L'amour fait encore plus de ravages.

— L'amour, hein ? se moqua Misha.

Winter acquiesça.

— Pour le moment, je n'ai qu'un but, dit-il, retrouver les Premiers et les supprimer. Pour quelle raison, tu crois ? Pour faire plaisir à Lighthouse ? Pour remplir la mission qu'il m'a confiée ? Pas du tout. Je le fais pour protéger Fiona et Sydney. Je le fais par amour. Et ça me rend encore plus dangereux.

Misha soupira. Pour elle, ce discours n'avait aucun sens.

—Dans l'état où tu es, le SRS et les Premiers ne feront qu'une bouchée de toi.

—Je ne les laisserai pas s'en prendre à Sydney! C'est hors de question. De toute manière, leur règne est sur le point de se terminer. J'y veillerai personnellement. C'est la raison pour laquelle nous sommes ici tous les deux. Leur armée ne verra jamais le jour, tu peux compter sur moi.

Une quinzaine d'années avant la naissance des Psychos, le Strategy and Research Service – mieux connu sous le sigle SRS – avait acquis une société pharmaceutique du nom de Nascera Pharma. Leur intention: créer un médicament qui leur servirait à engendrer une génération de super assassins. Des tueurs dépourvus d'émotions et dotés d'une force surhumaine, qui exécuteraient les ordres les plus immoraux sans la moindre hésitation. C'est ainsi qu'étaient nés le Patecal et, plus tard, les Psycho Boys. Avant que le Patecal ne soit officiellement mis sur le marché, il avait fait l'objet de plusieurs tests. Dix femmes furent recrutées comme premiers cobayes. Parmi elles, trois seulement tombèrent enceintes. Elles donnèrent naissance à trois enfants, qu'on appelait aujourd'hui les trois Premiers. Ils avaient vu le jour avant les autres vilains et étaient plus puissants que leurs congénères, ayant été exposés à une dose de Patecal plus importante. Recrutés et éduqués par le SRS, ils travaillaient pour l'organisation depuis leur adolescence. L'une de leurs missions était de retrouver et d'éliminer tous les Junkers avant que ceux-ci ne corrompent avec leur amour un trop grand nombre de Psychos, mettant ainsi en péril les projets du SRS. Pour le Strategy and

Research Service, un Psycho amoureux devenait inutilisable. Un «élément non productif», comme plusieurs se plaisaient à le dire. On avait en effet observé qu'au contact de ces Junkers, certains Psycho Boys développaient une affectivité qui leur était jusque-là inconnue. Désormais soumis à des émotions inopportunes, ils devenaient de piètres soldats et se révélaient inefficaces.

Winter se glissa sous les couvertures et invita Misha à faire de même.

— On doit s'embrasser ou pas? demanda la jeune Psycho Girl.

— Patience, répondit-il.

Parmi toutes les femmes qu'il connaissait, il n'aurait accepté d'en embrasser qu'une seule à ce moment, même s'il n'avait pas la moindre idée de l'endroit où elle se trouvait. Depuis leur départ de Fairy Lake un an plus tôt, il n'avait pas revu Sydney. Elle avait passé quelques mois au refuge secret du Coronet en compagnie d'Ashley et de Matthew, le temps que Lighthouse et ses hommes leur procurent à tous les trois une nouvelle identité ainsi qu'un lieu de résidence. Winter n'en savait pas plus. Lighthouse lui avait assuré qu'elle était en sécurité. Une nouvelle vie s'offrait à elle. L'important, selon le marshal, était de poursuivre leur mission et de retrouver les Premiers avant qu'ils ne s'en prennent à d'autres Junkers. C'était à son avis le plus grand service qu'on pouvait rendre à Sydney, et Winter était d'accord. Ce qui ne l'avait pas empêché de passer beaucoup de temps auprès de Fiona ces derniers mois. L'amour qu'il ressentait pour sa fille était sans cesse grandissant, et c'était à Sydney qu'il le devait. Sur ce point, Misha ne se trompait pas. La Junker avait éveillé en lui de nobles et tendres sentiments, ce qui avait contribué non seulement à renforcer son amour paternel, mais aussi à changer sa vision de la vie. Une vie qu'il souhaitait longue et riche. Une vie consacrée à sa fille ainsi qu'à cette jeune femme qu'il espérait retrouver un jour. Il suffisait que Sydney se souvienne, comme lui s'était souvenu. Qu'elle se rappelle leur amour, celui d'avant.

— Tu penses à Fiona ou à Sydney ? lui demanda soudain Misha.

Winter ne répondit pas. Il se contenta de sourire. Au bout de quelques secondes, il déclara :

— Elle est magnifique, notre fille, tu ne trouves pas ?

Misha haussa les épaules.

— C'est une enfant brillante, dit-elle sèchement.

— Rien de plus ?

— Elle est mignonne. Pas étonnant, elle me ressemble.

— Elle a besoin d'une mère, Misha.

— Alors, dépêche-toi de lui en trouver une.

Il s'apprêtait à répliquer quelque chose lorsque le portable de Misha se mit à sonner. Elle saisit le téléphone sur la table de nuit et en consulta l'écran pour savoir qui appelait.

— Mademoiselle Fox, annonça-t-elle en tendant le portable à Winter.

Ce dernier fit glisser son doigt sur l'écran tactile pour établir la communication.

— Ici Winter.

La voix de son assistante résonna aussitôt dans l'appareil :

— Monsieur, j'ai Archibald sur l'autre ligne. Il souhaite vous parler.

— Bien. Transférez l'appel.

Il y eut un court timbre sonore.

— Winter ?

— Je t'écoute, Archie. Tout se passe comme prévu ?

Archibald était le nom de code de l'informateur de Winter. Officiellement, il travaillait toujours comme agent pour le SRS, alors qu'en vérité il avait changé de camp et agissait en tant que taupe pour le FBI. Son association avec Winter remontait à l'année précédente. Réprouvant les actions et méthodes du SRS, Archibald avait lui-même proposé son aide à Winter. C'était grâce à lui si ce dernier avait pu entrer en contact avec Abigail Turner, et plus tard, avec Edward Janssen. La véritable identité d'Archibald n'était connue que de Winter.

— J'ai bien transmis l'information aux agents Bennett et Volanthen, l'informa Archibald. Ils sont en route. Fais gaffe à Volanthen. C'est un Psycho Boy et il est plutôt du genre vicieux.

— Pas autant que moi.

— Quant à Bennett, il est près de la retraite. J'ai appris d'un collègue qu'il recevait sa fille à souper ce soir. Au menu : linguines au poulet *tetrazzini*. Ça te suffira comme moyen de pression ?

— Tout à fait.

— Dis-moi, tu as quelqu'un pour faire le guet ?

— Un copain. Duncan Redditch. Il nous préviendra dès leur arrivée.

— Tu lui fais confiance ?

— Non, admit Winter, mais il aime le fric et je lui en ai promis des tonnes.

— Je vois.

Archibald marqua un temps, puis reprit :

— Écoute, si j'ai voulu te parler, c'est qu'il y a du nouveau.

— Du nouveau ?

— Ça bouge ici. Ils ont prévu quelque chose pour ce soir. Une opération.

— Quel genre d'opération ? s'enquit Winter, préoccupé.

— Ils déploient les troupes, c'est tout ce que je sais. Tous les agents du SRS ont été convoqués, moi y compris. Les ordres de mission ne nous seront transmis qu'une fois en route.

— Tu as une idée de ce qu'ils manigancent ?

— Aucune. Mais c'est gros.

— D'accord. Tiens-moi au courant.

Winter mit fin à l'appel et rendit le téléphone à Misha.

— Qu'est-ce qui se passe ?

Le jeune homme semblait profondément contrarié.

— Ces idiots du SRS… maugréa-t-il. Ils s'apprêtent à foutre la merde.

— Hein ? Comment ?

— Je l'ignore, mais j'ai l'impression qu'on le découvrira bien assez tôt.

— Ça change quelque chose pour nous ?

— Non, répondit Winter sur un ton ferme. On ne change rien au plan. Archie m'a assuré que deux de leurs agents étaient en route. Tu es prête à jouer le rôle de ta vie, Annie?

— Annie… soupira Misha. Je déteste ce prénom. T'aurais pu trouver autre chose, non?

— Arrête. Faut bien s'amuser un peu.

— Parlant de s'amuser… on s'embrasse, oui ou non?

Winter posa sa tête sur l'oreiller et ferma les yeux.

— Relaxe, chérie. Pas avant qu'ils aient enfoncé la porte. T'en meurs d'envie, pas vrai? conclut-il avec un large sourire.

— Ne prends pas tes rêves pour la réalité, Craine.

— Tu m'aimes d'amour, Misha, inutile de le nier, déclara Winter, qui savait fort bien que sa compagne était incapable d'un tel sentiment.

— C'est ça, ouais.

Bennett et Volanthen

Âgé de cinquante-neuf ans, Randall Bennett faisait figure de vétéran au sein du SRS. Il appartenait à l'organisation depuis sa création en 1982. Le Strategy and Research Service regroupait d'anciens membres de la CIA et de la NSA insatisfaits de la manière dont opérait leur organisation respective.

Le service avait connu de meilleures années, surtout au cours de la dernière administration républicaine, mais depuis l'élection du nouveau président démocrate, les choses se compliquaient. Le SRS demeurait autonome et se finançait grâce à ses opérations secrètes et à ses investissements dans des sociétés privées. Mais sans le soutien officiel du président, l'organisation et ses agents devenaient de plus en plus vulnérables, surtout devant la pression populaire.

Des firmes de lobbyistes embauchées par les riches donateurs de Ladies & Gentlemen – ce groupe de fanatiques enragés qui souhaitaient l'éradication complète des vilains – faisaient pression sur le président et sur le Congrès depuis des années afin que tous les enfants de la génération Patecal soient confinés dans un seul et même endroit. C'était une question de sécurité nationale, disaient-ils. Selon eux, la population n'en pouvait plus de côtoyer ces monstres en puissance, sans savoir lequel finirait par se rebeller et par échapper au contrôle des autorités. Il y avait déjà suffisamment de prédateurs en liberté, inutile d'en rajouter.

Durant la dernière année, les résidents de l'île des Monts Déserts dans l'État du Maine avaient tous été expropriés, et la construction du site Psycho Land avait commencé. L'objectif du projet était de convertir l'île en gigantesque prison où seraient expédiés tous les vilains. De hautes murailles surveillées en permanence par une nouvelle force spéciale de l'armée, les U. S. Ranchers, permettraient de les retenir à l'intérieur.

La configuration de l'île ne devait subir que des changements mineurs. Les bâtiments actuels resteraient intacts : maisons, immeubles, commerces. Pas de cellules ni de gardiens à Psycho Land. Laissés à eux-mêmes, les vilains pourraient y vivre une vie presque normale. Au début du moins, ou jusqu'à ce qu'ils n'arrivent plus à réprimer leur envie de meurtre et qu'ils s'attaquent à leurs congénères.

Le département de la Sécurité intérieure prévoyait également d'y enfermer ceux que l'on appelait les Junkers ainsi que leurs jumeaux, puisqu'ils faisaient eux aussi partie de la génération Patecal. Il était impossible de prédire s'ils deviendraient ou non des tueurs en série aussi redoutables que les vilains.

La microsociété recréée sur l'île des Monts Déserts ne survivrait que quelques mois, soutenaient les gens de Ladies & Gentlemen ; les Psychos finiraient par s'entretuer. Selon leurs prédictions, il suffirait d'un peu moins d'une année pour que la population passe d'environ trois mille cinq cents vilains à quelques dizaines à peine. Si, dans l'intervalle, un fugitif était capturé par les autorités, il était convenu de l'envoyer immédiatement entre les murs de Psycho Land, sans autre forme de procès.

Le Mexique, le Canada, la France, l'Angleterre et l'Allemagne abritaient aussi des vilains sur leur territoire. Certains Psycho Boys étaient nés au Japon, d'autres en Australie. Même l'Afrique, lieu des premières expérimentations, n'échappait pas à ce fléau. Les gens de Ladies & Gentlemen demeuraient convaincus que tôt ou tard, chacune de ces nations se résoudrait à imiter les États-Unis en constatant le succès obtenu par l'initiative Psycho Land. Ladies & Gentlemen espérait que la majorité des vilains seraient éradiqués de la surface de la Terre en l'espace de quelques années.

Ce n'était pas sans déplaire aux dirigeants du SRS, qui souhaitaient enrôler les meilleurs vilains pour constituer leur milice de super assassins. Ils formeraient une armée privée servant à mener leurs opérations secrètes, et dont les services pourraient être vendus à des pays étrangers, créant ainsi un marché plutôt lucratif en ces années d'affrontements mondiaux.

Ni le président ni la population ne devaient être mis au courant de ces projets. Peu importait que Psycho Land accueille des milliers de vilains entre ses murs. Il suffisait d'en recruter quelques centaines, les plus efficaces, pour rendre viable le projet de milice. Mais il fallait agir avant que la prison de l'île des Monts Déserts ne soit opérationnelle, ce qui ne saurait tarder.

L'achèvement de Psycho Land ne représentait cependant pas le seul problème. Parmi les recrues du SRS, plusieurs avaient déjà succombé aux charmes des Junkers, les seuls êtres capables de séduire les vilains et de leur redonner un semblant d'humanité. Voilà pourquoi le service s'était donné pour mission de les éliminer. Cet ordre provenait directement de l'un des Premiers, qui redoutait sa propre conversion et craignait pour la rentabilité de ses assassins.

La mission de Randall Bennett ce jour-là n'était pas de recruter un vilain, mais bien de supprimer l'une des dernières Junkers ne se trouvant pas sous la protection du Coronet. Des membres de cette organisation étaient parvenus à retrouver et à cacher deux bonnes centaines de Junkers. Ils leur avaient offert une nouvelle vie, une nouvelle identité. Ils étaient disséminés aux quatre coins du pays, ce qui ne facilitait pas la tâche des agents du SRS ayant pour mission de les dénicher et de les tuer.

Heureusement, la Junker que Bennett et son partenaire s'apprêtaient à éliminer n'avait pas bénéficié de ces avantages. Il avait donc été facile de la localiser, surtout grâce aux informations détenues par Nascera Pharma, la société pharmaceutique appartenant au SRS qui avait créé le Patecal en laboratoire, sous prétexte de vouloir aider les femmes victimes de fausses couches à répétition.

Les noms de la plupart des patientes ayant eu recours au Patecal étaient consignés dans la banque de données de Nascera Pharma. Plusieurs centaines de Junkers avaient déjà été exécutés par le SRS et par leurs recrues. Aux États-Unis, ne restaient que ceux que protégeait le Coronet, et peut-être une dizaine d'autres ayant échappé aux recherches. Quelques-uns avaient même refusé l'assistance du Coronet. Parmi eux, on comptait leur cible : Annie Wricter, une Junker de dix-neuf ans dont la jumelle, Alice, était décédée six mois auparavant dans un accident de voiture.

Randall n'avait pas l'intention de décevoir ses patrons, en particulier Hans Cameron, un homme auquel il ne fallait pas se frotter.

— On y est, dit Volanthen, son jeune partenaire.

Pour cette mission, on avait obligé Bennett à faire équipe avec un Psycho Boy du nom de Gabriel Volanthen. Ce dernier avait été recruté par Hans Cameron lui-même à peine quelques mois plus tôt. Il avait une dizaine de meurtres à son actif. Pas autant que les plus célèbres vilains, tels que Winter Craine, Alexander «Ax» Astor, Nelson Loveday et Johnny Fury, mais suffisamment pour se forger une réputation de dur à cuire.

Volanthen en était à sa sixième mission pour le compte du SRS. Chaque fois, il avait réussi à débusquer sa prise et à l'éliminer. Trois Junkers de sexe féminin et deux Psycho Boys réfractaires à l'idée de se joindre au SRS avaient péri sous ses coups. Car c'était ainsi que Volanthen aimait donner la mort : plutôt grand et baraqué, avec des poings comme des massues, il cognait ses victimes jusqu'à ce qu'elles expirent.

— Pas la peine de frapper à la porte, rigola Volanthen. On défonce.

«Fais-toi plaisir, jeunot», songea Bennett.

Ils se tenaient au troisième étage d'un édifice à logements. La porte devant laquelle ils s'étaient arrêtés indiquait le numéro 302. C'était là qu'habitait Annie Wricter.

Bennett dégaina son pistolet Beretta muni d'un silencieux et s'assura qu'il était chargé. Il ne s'en servirait qu'en cas de force majeure. Volanthen avait insisté pour éliminer lui-même la Junker. Un meurtre de plus à ajouter à son tableau de chasse.

— T'es prêt ? demanda Volanthen.

Bennett acquiesça.

— Allez, qu'on en finisse, dit-il. Ma fille et ses enfants viennent souper ce soir. J'ai des courses à faire.

Volanthen sourit, puis leva la jambe. Avec toute sa force de Psycho Boy, il donna un violent coup de pied dans la porte à la hauteur de la serrure, qui céda immédiatement.

La porte s'ouvrit avec fracas et les deux hommes s'engouffrèrent dans l'appartement sans attendre. Bennett suivait son partenaire de près. Il le vit serrer ses énormes poings, prêt à tabasser tout ce qui se montrerait sur son passage.

C'était un minuscule appartement. Après avoir rapidement traversé le couloir, ils pénètrent dans le salon.

Rien. Il n'y avait personne.

Un bref coup d'œil dans la cuisine leur permit d'en arriver au même constat. Où se trouvait-elle ? À part la salle de bain, que Volanthen inspecta rapidement, il ne restait plus que la chambre à coucher. La porte était entrouverte. Peut-être s'y cachait-elle ?

Bennett fit signe à son partenaire, qui comprit aussitôt. Volanthen poussa doucement la porte, dévoilant enfin une pièce occupée.

La Junker était là, au lit avec un jeune homme. Sans doute son petit copain. Tous les deux ne portaient que leurs sous-vêtements. Pris en flagrant délit, de toute évidence. En apercevant les deux intrus, ils reculèrent tout en tirant les draps sur eux pour se couvrir. Ils paraissaient à la fois surpris et effrayés.

— Mais… qui êtes…

— La ferme, Roméo ! rétorqua Volanthen à l'intention du jeune homme, qui devait avoir le même âge que lui. Et t'avise pas de jouer les héros.

Dès qu'il fut dans la chambre, Bennett visa les deux occupants avec son arme, en prenant soin de la mettre bien en vue pour dissuader toute opposition de leur part.

Quant à Volanthen, il s'était déjà avancé dans la pièce. Chacun de ses pas faisait craquer le bois du plancher tandis qu'il se rapprochait du lit.

— Sortez… fit Annie sur un ton suppliant.

Bennett avait noté qu'elle tremblait. Ses grands yeux verts s'étaient embués de larmes. Peut-être espérait-elle inspirer leur pitié ? La pauvre ignorait assurément que cette démonstration de faiblesse contribuait à attiser davantage les pulsions meurtrières de Volanthen. Bennett en eut la confirmation lorsqu'il vit apparaître un sourire malicieux sur les lèvres de son partenaire. Il prenait son pied.

Annie jeta un rapide coup d'œil vers sa table de chevet, sur laquelle reposait un téléphone portable. Volanthen devina ses intentions, ce qui le fit éclater de rire :

— N'y pense même pas, beauté, dit-il alors qu'il était tout près du lit. Je suis trop rapide. Personne ne pourra te sauver.

— Allez-vous-en, supplia-t-elle une nouvelle fois. Laissez-nous tranquilles !

Son petit copain tenta de se lever à ce moment, mais Volanthen le renvoya à sa place d'une poussée.

— T'es pas de taille, mon gars.

— Foutez le camp !

Volanthen secoua la tête en riant. La combativité soudaine de ce jeune homme le réjouissait. Il aimait bien rencontrer de la résistance chez ses victimes. Une résistance désespérée et vaine. Cela lui donnait une impression de supériorité. Il n'appréciait pas les meurtres faciles et préférait que ses proies, ou ses jouets, luttent jusqu'à la toute fin en espérant sauver leur peau.

— Tu sais ce que je suis ? Un Psycho Boy. Je pourrais te dévisser la gueule d'une seule gifle si j'en avais envie. Tu comprends ?

— Je comprends surtout que vous êtes dingue !

Bennett commençait à s'impatienter. Il était ici pour faire un boulot, pas pour se divertir, contrairement à son équipier.

— Tu te souviens que j'ai un souper ce soir, hein ? lui dit-il.

— Pas de panique, grand-père, j'y viens.

Le Psycho Boy ferma son poing d'acier et s'apprêtait à l'abattre sur le garçon lorsque ce dernier leva la main pour l'arrêter.

— Attendez…

À la fois surpris et amusé par cette ultime tentative de faire diversion, Volanthen se tourna vers Randall Bennett.

—Cet idiot va me supplier de ne pas le tuer. J'adore ça, conclut-il en lançant un clin d'œil complice à son partenaire.

Le Psycho Boy se prépara de nouveau à frapper, mais fut encore une fois interrompu par le copain d'Annie.

—Il fait froid tout d'un coup… observa-t-il. Vous n'auriez pas laissé la porte ouverte ?

Volanthen affichait toujours le même air étonné. Mais cette fois, l'amusement avait disparu de son visage.

—Quoi ?

Le jeune homme profita de ce moment de confusion pour lever les bras. Bennett et Volanthen demeurèrent tous deux perplexes devant la manœuvre. Mais qu'est-ce qu'il fichait, cet imbécile ? Tentait-il de les distraire ? Bennett remarqua alors que le copain de la Junker portait un étrange bracelet. On aurait dit un mince filin enroulé autour de son poignet. Il avait déjà vu un truc semblable quelque part. Sur une photo, se rappela Bennett. Une photo de…

—Oh, putain…

Avec une adresse étonnante, le jeune homme bondit hors du lit. Il asséna un puissant uppercut à Volanthen, puis passa derrière lui. En un éclair, il déploya le filin de son bracelet, l'enroula autour de la gorge du Psycho Boy et croisa les bras pour serrer avec force.

Volanthen porta les mains à son cou, mais il était déjà trop tard. Il tenta de frapper son assaillant par-derrière. L'énergie lui manquait. Malgré sa force surhumaine, il ne put se débarrasser de son assaillant. Le visage gonflé, les yeux exorbités et la langue pendante, Volanthen s'effondra sur le sol. Pour Randall Bennett, ça ne faisait aucun doute : il était mort étranglé.

— Craine… murmura l'agent du SRS.

Il tenait toujours son Beretta, mais d'une main tremblante à présent. Bennett était près de la retraite. Il ne voulait pas mourir. Pas ce jour-là. Il avait deux possibilités : soit il fuyait, soit il tentait d'abattre le jeune homme.

Il n'eut pas à réfléchir longtemps. Même s'il quittait les lieux, on aurait tôt fait de le rattraper et de lui régler son compte. Car celui qui venait de tuer Volanthen n'était pas qu'un simple meurtrier. C'était Winston Terrance Craine.

— Abaisse ton arme, Randall, lui conseilla Winter.

Mais Bennett en était incapable. Il restait figé sur place, son arme brandie vers la fille. Rassemblant tout son courage, il parvint à déplacer son Beretta pour viser Winter.

— Ne… ne bouge pas, Craine. Sinon…

— Sinon quoi ? Tu vas me trouer la peau ? Je pourrais essayer d'éviter la balle, tu sais. J'évalue mes chances à soixante pour cent.

— F… ferme-la.

Winter secoua la tête, comme s'il était pris de pitié pour l'agent.

— Sois pas si nerveux, Randall. Je ne te tuerai pas si tu es gentil.

Le doigt de Bennett se faisait de plus en plus lourd sur la détente. Il allait tirer. Il devait tirer. « T'es un bon tireur, mon vieux, se disait-il pour s'encourager. Une seule balle en pleine poire et c'est terminé. »

—Je sais ce que tu te dis en ce moment, déclara Winter. "Puissant, séduisant, inquiétant, mais certainement pas immortel." Et t'as parfaitement raison, Randall.

Le Psycho Boy fit une pause avant d'ajouter :

—Allez, je te laisse une dernière chance. Si tu refuses, je devrai demander à Misha d'intervenir.

—Misha ? répéta Bennett en considérant brièvement la fille.

Bien sûr. Comment avait-il pu être aussi idiot ? Elle n'avait rien d'une Junker, bien au contraire. C'était cette Psycho Girl fugitive du nom de Misha Sperry. Connue pour être la compagne de Winter Craine, celle-là même qui l'avait incité à quitter Fairy Lake cinq ans auparavant pour s'engager à ses côtés dans une brillante carrière de Jack O' Spades.

Bennett comprit rapidement ce que cela signifiait pour lui : il ne faisait plus face à un seul vilain, mais à deux. Ses chances de survie étaient encore plus minces qu'il l'avait supposé. Et Misha s'empressa de le lui confirmer en sortant un long poignard de sous les draps.

—Je suis très agile avec ça, précisa-t-elle avec un large sourire.

Bennett ne croyait pas un seul instant que Craine et la fille l'épargneraient. Ils étaient en chasse, c'était évident. Sinon, pourquoi se donner tout ce mal pour les attirer ici, Volanthen et lui ? Ils avaient déjà tendu un piège au SRS et tous les membres du service étaient tombés dedans, y compris Hans Cameron, que l'on disait doté d'une intelligence supérieure.

42

«Une autre belle réussite pour le Strategy and Research Service», songea l'agent Bennett avec ironie.

Il ne lui restait qu'une option s'il souhaitait s'en sortir vivant: descendre ces deux aberrations de la science biochimique avant qu'elles ne s'en prennent à lui.

— Ne fais pas ça, Randall, lui conseilla Winter en voyant le bras de l'agent se raidir.

Bennett recevait sa fille au souper. Elle venait avec son petit-fils, Ethan. Il avait promis de lui préparer son plat préféré.

— Je cuisine des pâtes ce soir, dit-il. Pas question de rater ça.

Randall appuya sur la détente de son arme une fraction de seconde après que Misha eut lancé le poignard dans sa direction. La lame se ficha dans l'épaule de l'agent, faisant dévier son tir de quelques centimètres, ce qui permit à Winter d'éviter le projectile de justesse.

Une main sur son épaule sous la lame du poignard, Bennett tenta de faire feu de nouveau, mais n'en eut pas le temps; Winter était déjà sur lui.

L'agent reçut un coup puissant à l'abdomen, puis un autre au visage. Ses jambes défaillirent et il se retrouva au sol, le souffle coupé. Le Beretta avait glissé de sa main. Winter repéra l'arme sans tarder et, du pied, l'expédia sous le lit. Il se pencha ensuite sur Bennett et retira le poignard de son épaule.

— Tu n'aurais pas dû faire ça, Randall, lui dit-il.

Il se tourna ensuite vers Misha.

— Occupe-toi de la porte d'entrée.

Elle quitta le lit et se dirigea vers le vestibule de l'appartement. De la chambre, Winter l'entendit fermer la porte, celle que Volanthen avait enfoncée d'un coup de pied.

— Alors… tu vas vraiment me… me tuer? demanda Bennett, toujours étendu sur le plancher de la chambre.

— Tu n'as pas été gentil, lui reprocha Winter. Faut en assumer les conséquences. Mais avant, on doit discuter tous les deux.

Sydney et Matthew

Depuis près de huit mois maintenant, Sydney et Matthew habitaient une petite maison de banlieue dans Lafayette Street, à Fort Wayne, dans l'Indiana. Cette maison leur avait été fournie par les généreux donateurs du Coronet. Grâce à certains marshals favorables à la cause, tels que Peter Lighthouse, ils bénéficiaient également du programme fédéral de protection des témoins et vivaient dorénavant sous une nouvelle identité. Dans le quartier, on les connaissait comme Sydney Lynch et Matthew Ramsay, étudiants de l'université Purdue.

La maison qu'ils habitaient était un legs d'un vieil oncle décédé de Matthew. Du moins, c'était la version officielle. Sydney et Ashley avaient été séparées. Tout comme sa sœur, Ashley avait abandonné le nom de son père, Fisher. Elle s'appelait maintenant Ashley Carter. Elle vivait à Greensboro en Caroline du Nord et ne donnait presque jamais de nouvelles. Le Coronet lui avait d'ailleurs déconseillé de reprendre contact avec les membres de sa famille. Sydney lui envoyait néanmoins des courriels, qui restaient pour la plupart sans réponse.

Ashley n'écrivait qu'en de rares occasions, se contentant habituellement d'une phrase ou deux : « Je vais bien. T'inquiète pas », ou encore : « C'est moche ici, je m'emmerde. »

Matthew semblait mieux s'adapter à sa nouvelle vie que sa compagne. Pas une fois il n'avait cherché à joindre sa mère, qui vivait toujours à Fairy Lake. Elle lui manquait, mais pour leur sécurité à tous les deux, il valait mieux éviter tout contact.

Il portait un nouveau bracelet de repérage à la cheville, mais ne s'en formalisait pas. C'était le sacrifice à faire pour mener cette vie auprès de Sydney. Plus léger et plus discret que l'ancien modèle, le bracelet permettait aux gens du Coronet de s'assurer que Matthew s'injectait bien sa dose quotidienne de Serexène.

Sans le médicament, il aurait représenté une menace pour Sydney. C'était ce que prétendait le Coronet. Mais Matthew en doutait. Ces derniers mois passés ensemble les avaient considérablement rapprochés. S'il avait un jour douté de son amour pour la Junker, ce n'était plus le cas. Elle lui avait fait découvrir une autre facette de lui-même. Contrairement à tout ce qu'on racontait au sujet des Psycho Boys et de leur absence de sentiments, Matthew, lui, était capable d'aimer.

Il arrivait à éprouver non seulement de l'amour, mais aussi de la compassion et de la sympathie envers autrui, choses qu'il n'avait jamais ressenties auparavant, quand il habitait Fairy Lake. Sydney l'avait changé. Elle avait fait de lui un meilleur homme, et pour cela, il lui serait éternellement reconnaissant.

— T'as envie d'aller voir un film ce soir ? proposa Matthew lorsque Sydney vint le rejoindre dans le salon.

Dans ses mains, la jeune femme tenait deux bols blancs remplis de salade. Elle les déposa sur la table et tendit une fourchette à son compagnon.

— Salade de tomates, de mangues et d'avocats, dit-elle en s'assoyant sur le canapé, tout près de Matthew.

— Ça m'a l'air… délicieux, répliqua-t-il avec un drôle d'air.

— Tu doutes de mes compétences culinaires ?

Sydney attrapa la télécommande et alluma le poste de télévision.

— Jamais je n'oserais, répondit Matthew tout juste avant d'enfourner une énorme bouchée de salade. Et alors, pour le cinéma ?

La jeune femme fit la moue.

— Que dirais-tu de rester ici et de passer une soirée tranquille ? suggéra-t-elle plutôt.

— Devant la télé ?

— Devant la télé.

— Vos désirs sont des ordres, gente damoiselle.

Sydney se mit à rire de bon cœur.

— J'ai eu une dure journée à l'université. Ça me fait tellement de bien d'être ici…

Matthew attendit qu'elle ajoute « avec toi », ce qu'elle ne fit pas. Mais il ne lui en tint pas rigueur ; elle avait démontré beaucoup d'ouverture ces derniers temps, beaucoup plus qu'il ne l'aurait jamais espéré. Étrangement, il était le Psycho Boy, mais c'était elle qui hésitait à démontrer ses sentiments.

— Tes cours d'anthropologie sont difficiles ?

Sydney haussa les épaules.

— Technologie et culture… soupira-t-elle. La matière est passionnante, mais le prof est d'un ennui mortel.

— Et ça parle de quoi ?

— La dimension sociale de la technologie vue selon les sociétés antiques, modernes et postmodernes, récita-t-elle de mémoire.

— Mouais…

— Les identités virtuelles et la technologie du corps humain, ça, par contre, j'adore. Et toi, tes cours de pharmacologie ?

— Je songe à changer pour l'ingénierie, répondit Matthew. Ras le pompon des médicaments.

Sydney baissa les yeux et fixa la cheville du garçon pendant un bref moment. Elle ne voyait pas le bracelet sous son pantalon, mais savait qu'il le portait en permanence. Une façon cruelle de lui rappeler à chaque instant ce qu'il était.

— Et ton entraînement ? demanda-t-elle pour changer de sujet. Ça s'est bien passé ?

Matthew jouait pour les Fort Wayne Mastodons, l'équipe de baseball de l'université. On lui avait confié le poste de lanceur partant, car son bras était d'une force redoutable. « C'est un vrai p'tit miracle qui te pend au bout de l'épaule, mon garçon », lui avait dit Rob Russo, l'entraîneur de l'équipe.

— Pas mal. Encore une fois, j'ai retiré tous les frappeurs sans accorder le moindre coup sûr.

— Tu n'es pas un peu imprudent, là ?

Russo et les membres de l'équipe ignoraient que leur lanceur vedette était un Psycho Boy. Sa force et sa précision étaient attribuables à sa constitution particulière. Sans la présence du Serexène dans son organisme, il aurait été plus habile et plus puissant encore, mais il ne le souhaitait pas vraiment. Il fallait éviter d'éveiller les soupçons, sans quoi il risquait d'être renvoyé de l'équipe.

— T'inquiète pas, la rassura Matthew, je n'en fais pas trop. Juste ce qu'il faut. Et je prends bien soin de cacher mon bracelet de repérage. Heureusement qu'il est moins voyant que l'ancien.

Matthew termina sa salade et s'étendit sur le canapé. D'un sourire, il invita Sydney à faire de même. La jeune femme posa sa fourchette et s'allongea contre son compagnon, qui l'entoura de ses bras amoureux.

— Crois-tu qu'un jour on pourra retourner à Fairy Lake ? demanda Sydney.

— C'est ce que tu voudrais ?

— Ce que je voudrais, c'est que toute cette histoire se termine enfin.

Sa réponse contraria Matthew.

— Cette vie avec moi, elle te déplaît ?

Elle se retourna pour lui faire face.

— Ce n'est pas ce que j'ai voulu dire et tu le sais.

— Qu'as-tu voulu dire, alors ?

— Écoute, Matthew…

Elle s'interrompit un instant, puis reprit :

— Je ne suis pas Sydney Lynch. Pas plus que tu n'es Matthew Ramsay. J'ai envie de récupérer ma vie d'avant. J'ai envie de revoir ma sœur, ma maison, ma ville…

— Ta vie d'avant ? Dans laquelle je n'étais pas présent ?…

— Tu ne comprends pas. Sansa et mon père sont morts et je n'ai même pas pu assister à leurs funérailles. Tout s'est passé trop vite. Ce séjour au refuge du Coronet, en compagnie des hommes de Peter Lighthouse, ne nous a servi qu'à une chose : préparer notre départ.

— Heureusement, Sydney. Lighthouse et le Coronet nous protègent. Notre tête est mise à prix, l'as-tu oublié ? Ces types du SRS feront tout ce qui est en leur pouvoir pour retrouver les Junkers et…

Matthew s'arrêta, jugeant qu'il était inutile de continuer.

— Et les tuer ? C'est ce que tu allais dire ?

Il acquiesça en silence.

— Tu vois, poursuivit Sydney, c'est pour cette raison que cette histoire doit se terminer. Pas notre histoire, Matthew. L'autre, celle qui nous a forcés à tout quitter.

« Tout quitter ? » songea-t-il avec lassitude. Son cousin Winter était-il compris dans ce « tout » ? Ça n'avait jamais été clair entre eux. Matthew se doutait que Sydney éprouvait un profond attachement envers Winter, mais était-elle amoureuse de lui ? La vie qu'ils menaient ensemble depuis leur arrivée à Fort Wayne suggérait pourtant le contraire. Ils avaient fait l'amour avec passion, s'étaient aimés avec ardeur et constance, et se démontraient l'un à l'autre une tendresse qui ne saurait mentir.

— Tu penses encore à lui ?

Elle ne put réprimer un soupir. Elle savait très bien à qui il faisait allusion.

— Je pense à toi, Matt.

Pour Sydney, l'épisode Winter Craine était de l'histoire ancienne. Du moins essayait-elle de s'en convaincre. Il lui arrivait encore de repenser à la boule à neige de Winter et à l'inscription gravée sous le socle : « J'avance dans l'hiver à force de printemps. »

— Si l'hiver c'est toi, lui avait-elle demandé le jour où il la lui avait offerte, cinq ans plus tôt, alors je suis…

— Le printemps, avait répondu Winter. Le mien.

« Nous n'étions que des enfants, tenta-t-elle de se raisonner. J'ignorais qui il était vraiment et ce dont il était capable. Il a tué des gens. Des tas de gens. Comment pourrais-je l'aimer ? C'est impossible… »

— Ce n'est pas ce que je t'ai demandé, insista Matthew, en la tirant de ses réflexions. Tu penses à lui, oui ou non ?

— Je pense à ce qu'il a fait, souffla Sydney, ce qui n'était pas faux. Et jamais je ne pourrai être d'accord avec ça. De toute manière, on ne se reverra plus.

— Et c'est censé me rassurer ?

Sydney aimait Matthew. Elle en était convaincue. Mais il agissait parfois comme un adolescent amoureux pour la première fois. Sydney regretta aussitôt d'avoir eu cette pensée ; Matthew n'était plus un adolescent, certes, mais c'était la première fois qu'il aimait réellement une femme. Tout ça à cause d'elle et de cet envoûtement de Junker qu'elle exerçait sur lui. C'était ce que lui avait expliqué Winter dans le sous-sol, chez son père, il y avait plus d'un an : « Si un vilain te laisse indifférente, il n'y aura aucun déclencheur. Le problème, c'est que les Junkers ont tendance à être attirés par les vilains. C'est ce qui fait de vous des ennemis aux yeux des trois Premiers. »

De toute évidence, Winter n'avait pas menti sur ce point. La jeune femme se souvenait d'avoir été charmée par Matthew dès leur première rencontre, comme elle l'avait été par Winter quelques années plus tôt. Si elle n'avait pas été Junker et eux vilains, ces garçons l'auraient-ils seulement remarquée ?…

Refusant d'envisager cette possibilité, Sydney la chassa rapidement de son esprit. Elle tenait à Matthew – et peut-être à Winter aussi –, beaucoup plus qu'elle ne le laissait paraître. Pourquoi n'allait-elle pas davantage vers Matthew ? Ce n'était pas l'envie qui lui manquait pourtant. Peut-être essayait-elle inconsciemment de le protéger ? Mais le protéger de quoi ? De cet amour qu'elle lui infligeait grâce à ses phéromones particulières de Junker ?… La seule chose dont elle était certaine, c'était qu'elle se sentait en sécurité auprès de lui. C'était un homme bon et généreux, prêt à tous les sacrifices pour la rendre heureuse. Il était aussi beau que son cousin Winter et démontrait le même courage, mais là s'arrêtait leur ressemblance. Matthew était sincère et intègre. Sydney lui accordait une confiance sans bornes, contrairement à Winter, dont elle redoutait le comportement chaotique.

— C'est toi que j'aime, Matthew, répondit-elle simplement.

Elle avait usé d'un ton calme et réconfortant. Matthew ne put résister et laissa tomber ses barrières, en même temps que ses doléances. Il serra la jeune femme contre lui et passa une main caressante dans ses cheveux.

—Je t'aime aussi, Syd.

Winter et Bennett

Winter et Misha étaient toujours en sous-vêtements. Avant de se rhabiller, ils débarrassèrent l'agent Bennett de sa chemise et de son veston tachés de sang, puis le transportèrent sur le lit. L'attacher était inutile; il ne pourrait pas leur échapper. La blessure de son épaule saignait beaucoup. La lame du poignard avait traversé le muscle et sans doute avait-elle touché l'artère axillaire.

Winter se servit d'une taie d'oreiller pour lui faire un garrot, puis d'une autre qu'il utilisa comme bandage. Étant donné l'emplacement de la blessure, il ignorait si ces soins s'avéreraient efficaces. Mais dans les circonstances, c'était la seule chose à faire. Peut-être y avait-il hémorragie interne? Dans ce cas, les heures de l'agent étaient comptées; Winter n'avait aucune intention de le conduire à l'hôpital. Pour que son plan fonctionne, il avait besoin de Bennett vivant. Il allait devoir se dépêcher avant que l'agent lui claque entre les mains.

— Qu'attendez-vous de moi? demanda ce dernier alors que Misha et Winter terminaient d'enfiler leurs vêtements.

— Des informations, répondit Winter en replaçant sa coiffure devant la glace.

— Je ne parlerai pas.

La réplique de Randall Bennett fit sourire Winter.

— Bien sûr que tu parleras.

— Nous savons que vous avez déjà fait partie de la CIA, intervint Misha. Vous seriez déjà à la retraite si vous étiez resté avec eux. Vous y songez parfois ?

Bennett conserva le silence.

— Les interrogatoires, ça te connaît, hein, Randall ? enchaîna Winter. Eh ben, nous aussi.

— Je ne parlerai pas. Même sous la torture.

— La torture ? se moqua Winter. Tu nous prends pour des bourreaux ?

— Je vous prends pour ce que vous êtes : des monstres.

Le jeune homme soupira.

— C'est le moment de sortir les violons.

Il s'assit sur le lit aux côtés de Bennett.

— Écoute, Randall. Tu vas mourir. Et je crois que tu sais pourquoi. Combien de Junkers ton partenaire et toi avez-vous assassinés pour le compte du SRS ? Dix ? Vingt ? Plus encore ? Tu n'es pas une victime innocente, bien au contraire. S'il y a des monstres ici, Volanthen et toi en faites partie.

Bennett ferma les yeux un instant, puis les rouvrit. Le remords se lisait sur son visage.

— Tu les avais oubliés, pas vrai ? Tous ces pauvres jeunes que tu as éliminés… À moins que tu essaies seulement de ne pas y penser ?

L'agent du SRS tourna la tête et posa sur lui un regard furieux et méprisant.

— J'ai fait ce que j'avais à faire !

— Tu sais ce que disait Gustave Thibon, le philosophe français ? "La foi consiste à ne jamais renier dans les ténèbres ce que l'on a entrevu dans la lumière."

Winter sortit de sa poche une fiole de verre et un petit couteau, puis s'accroupit près du cadavre de Volanthen. Avec le couteau, il coupa une mèche de cheveux de la tête du Psycho Boy et l'inséra dans la fiole.

— Un petit souvenir, expliqua-t-il en rangeant ses instruments. J'aimerais bien ajouter une de tes boucles grises à ma collection, Randall.

Misha s'approcha à son tour du lit. Elle resta debout près de Winter et tapota le cadran de sa montre du bout de son index pour lui faire comprendre qu'ils devaient se hâter.

— Misha a raison, dit Winter à l'attention de Bennett. Le temps file et nous avons un tas de choses urgentes à régler. Je veux que tu me parles de Hans Cameron, l'un des directeurs adjoints du SRS. Il est responsable de la branche opérations, non ?

Bennett cessa de regarder son interlocuteur et repositionna sa tête bien droite sur l'oreiller.

— Je te propose un marché, poursuivit Winter. Je t'expose ma théorie et tu me dis si j'ai raison, d'accord ?

Bennett ne broncha pas et continua de fixer le plafond.

— Tu connais Harry Fisher, ce marshal du Connecticut. Il a toujours eu un faible pour moi, commença Winter. Tu sais pourquoi ? Parce que mon père, Billy Craine, a sauvé ses filles de la noyade lorsqu'elles étaient jeunes. Mon père m'a parlé de l'accident il y a quelques années. C'est un adolescent du nom de Hansen Crow qui a convaincu Sydney et Ashley d'aller faire un tour en canot sur le lac Fairy. Crow avait quelques années de plus que les sœurs Fisher, elles lui ont donc fait confiance. Une fois parvenu au milieu du lac, le canot a chaviré sans qu'on sache pourquoi. Ni Crow ni les jumelles Fisher ne portaient de gilet de sauvetage. Mon père a réussi à sauver Sydney et Ashley, mais pas le garçon. J'ai fait enquête à ce sujet il y a deux ans, avec Johnny Fury, et j'ai découvert qu'une personne ressemblant à Hansen Crow avait été vue à Hartford quelques jours seulement après l'événement. Ça ne prouve rien, bien entendu, mais il s'agit d'une coïncidence plutôt étrange.

Winter s'interrompit pour mesurer la réaction de Bennett. Toujours rien. L'agent du SRS demeurait impassible et silencieux.

— C'est Hansen Crow qui a fait chavirer le canot, révéla Winter. Il l'a fait délibérément, afin de tuer les deux sœurs Fisher. Mais pour quelle raison? Pourquoi a-t-il tenté de les assassiner? T'as une idée, Randall?

Winter attendit une réponse qui ne vint pas.

— À l'époque où mon père a sauvé Sydney et sa sœur de la noyade, Crow n'était lui-même qu'un adolescent.

Cette fois, Bennett sourcilla malgré lui, ce qui encouragea Winter à poursuivre:

— Les sœurs Fisher devaient sans doute le trouver séduisant. Crow est alors tombé dans le piège et s'est amouraché de Sydney. Les vilains peuvent tomber amoureux, Randall, nous le savons tous aujourd'hui, mais en ce temps-là, très peu de gens connaissaient ce secret. Incapable de composer avec ce lot de nouvelles émotions, Crow a préféré se débarrasser de Sydney et de sa sœur, en espérant mettre un terme au désordre affectif qui régnait en lui. Il a voulu les noyer, mais grâce à l'intervention de mon père, il n'a pas réussi. C'est la conclusion que j'en ai tirée.

Winter fit une pause, puis reprit :

— Hansen Crow est toujours vivant. Maintenant, il se fait appeler Cameron... Hans Cameron. C'est l'un des trois Premiers, et il sert bien la cause du SRS, c'est ce qui m'embête. Mais ce qui m'enquiquine encore plus, tu vois, c'est qu'il veut aussi ma peau. Alors, je dois me débarrasser de lui avant qu'il ne se débarrasse de moi.

Bennett se mit à rire.

— Tu n'as qu'à te joindre à eux et ton problème sera réglé, laissa-t-il tomber sans quitter le plafond des yeux.

— Nah, fit Winter, il est trop tard. Ils me zigouille-raient de toute façon. Et puis, je suis du genre nomade. Et marginal aussi, c'est ce qui fait mon charme.

— Si tu le dis.

— Comme tu le sais sans doute, Joshua Troy est hors concours. Il a trouvé la mort l'an dernier chez Harry Fisher. On raconte que je suis à l'origine de cet assassinat sordide, ce qui n'est pas faux. Alors tu vois, il ne reste plus que deux Premiers. Ton patron est l'un d'entre eux. Mais qui est l'autre ?

— Je l'ignore, lâcha Bennett. Il n'y a que...

L'agent s'arrêta, réalisant qu'il en avait déjà trop dit. Winter approuva néanmoins d'un signe de tête.

— Il n'y a que Hans Cameron qui connaisse son identité, compléta le Psycho Boy. C'est bien ce que je me disais. Voilà pourquoi il me faut le rencontrer.

Cette fois, le rire forcé de Bennett se transforma en franche hilarité.

— Et tu veux que je t'aide à arranger ça ? Aussi bien me tuer tout de suite !

Comme le lui avait fait remarquer Misha, le temps pressait. Le SRS s'attendait certainement à recevoir des nouvelles de ses deux agents. Ce n'était plus qu'une question de temps avant qu'il n'envoie des renforts. Winter l'avait prévu. En fait, il les espérait, pour la réussite de son plan.

Misha fouilla dans le veston de Bennett et en sortit un téléphone portable, qu'elle remit à Winter.

— Je veux que tu contactes le SRS, dit celui-ci à Bennett. Informe tes patrons que Volanthen et toi avez réussi à me capturer. Tu peux leur expliquer qu'Annie Wricter n'a jamais existé, que c'était un piège pour vous attirer ici. D'ailleurs, son nom est une anagramme de Winter Craine. C'est tout à fait mon genre. Ils te croiront.

— Jamais je ne ferai ça, protesta Bennett en posant une nouvelle fois ses yeux sur Winter.

— Bien sûr que tu le feras, rétorqua ce dernier avec un sourire sardonique. Sinon je m'invite à ton souper de ce soir. Ta fille sera présente, non ?

— Espèce de salaud ! Comment peux-tu…

— Je connais ton adresse, Randall, ainsi que ton emploi du temps. Et je sais très bien cuisiner les pâtes. Poulet *tetrazzini* servi sur linguines, tu connais ? C'est ma spécialité. T'as de l'huile d'olive et du vin de xérès chez toi ?

Il tendit le téléphone à Bennett.

L'agent du SRS hésita un moment, puis, à contrecœur, arracha le portable des mains de Winter. Satisfait, celui-ci y alla de ses dernières recommandations :

— Mentionne que je suis blessé. Gravement blessé. Et que Volanthen et toi ne pouvez me transporter.

— Tu espères qu'ils viendront ici ? ricana Bennett, qui n'y croyait pas un seul instant. Tu les connais mal, Craine.

Winter secoua la tête. Son optimisme était inaltérable.

— Ils viendront pour moi.

— Cameron ne se déplacera pas. Il ne va jamais sur le terrain.

— Il fera une exception cette fois.

— Comment peux-tu en être aussi sûr ?

Pour toute réponse, Winter se contenta de montrer le téléphone du doigt. « Allez, appelle-les », disait son regard.

— Il ne viendra pas, répéta Bennett avec hargne. Ça ne marchera pas !

— Je sais qu'il est allé lui-même à Fairy Lake, il y a un an, pour constater le décès de Joshua Troy. Il n'a pas aimé voir son pote transformé en passoire. Il viendra, tu peux me croire.

Une seconde plus tard, on cogna à la porte de l'appartement.

— C'est Redditch, annonça Winter. Misha, va lui ouvrir.

La jeune femme disparut à nouveau de la chambre et revint accompagnée d'un homme blond, de taille moyenne, du même âge que Winter. Il traînait quelque chose derrière lui, qui ressemblait à une grosse valise sur roulettes. L'enveloppe extérieure du caisson était composée de deux coques rigides, ce qui laissait supposer que son contenu était fragile. Ou précieux.

— As-tu déjà entendu parler des imprimantes 3 D ? demanda Winter à l'agent du SRS. Mon ami Duncan Redditch, un Psycho Boy originaire de Londres, s'est déplacé jusqu'ici pour venir nous présenter le dernier modèle. Un bijou de technologie, développé par le service de renseignement russe. Prêt pour une petite démonstration ?

Bennett ne répondit pas.

— Les Popov l'utilisent pour reproduire les traits humains et non les objets, expliqua Winter. Une simple numérisation du visage original est nécessaire pour obtenir une copie parfaite. Depuis des années, la CIA a recours au service des meilleurs maquilleurs professionnels d'Hollywood pour accomplir ce genre de besogne. Malgré tout leur talent, ils n'arriveront jamais à égaler la précision de cette machine.

Duncan immobilisa le caisson en position verticale, puis se pencha pour en défaire les loquets. Il sépara ensuite les deux compartiments et les fit pivoter de façon à ce qu'on puisse voir à l'intérieur. Le premier contenait un terminal d'ordinateur : unité de traitement, écran et clavier dont les touches présentaient des caractères cyrilliques. Le second hébergeait un étrange support métallique dont les appuis correspondaient aux principaux angles du visage : le menton, le nez, les pommettes et le front.

— Tu entres ta tête là-dedans, et quand tu la ressors, tu es un nouvel homme, déclara Winter sans ménager son enthousiasme. Tu te souviens de *Mission impossible*, Randall ? Tom Cruise et sa bande de rigolos parviennent à fabriquer de jolis masques, pas vrai ? Eh ben, les nôtres sont encore plus épatants !

Winter se positionna au-dessus du cadavre de Volanthen et examina ses vêtements avec attention.

— Nous sommes presque de la même taille, fit-il remarquer en déboutonnant sa chemise. Ça devrait aller.

Sydney et Matthew

Il était tard. Ils avaient passé le reste de la soirée à regarder des émissions de téléréalité, sans se divertir vraiment. Étendus l'un contre l'autre sur le canapé, Sydney et Matthew sentaient que la fatigue les gagnait. Sydney tendit le bras pour saisir la télécommande et éteignit le téléviseur.

— On va dormir ?

— D'accord, mais avant, donne-moi un autre baiser.

Sydney sourit, posa ses lèvres sur celles de Matthew et l'embrassa de la même façon qu'elle l'avait fait plus tôt, avec tendresse et amour.

Une brève sonnerie, émise par le téléphone portable de Matthew, interrompit leur étreinte, ce qui ne manqua pas de leur déplaire à tous les deux. Sydney attrapa le téléphone de son compagnon, qui reposait à côté du sien sur la table du salon, et le lui passa. Leurs appareils étaient indétectables, leur avait-on assuré. Ou du moins, il était impossible d'identifier leur réel propriétaire.

— Un message du Coronet… annonça Matthew en consultant l'écran d'affichage.

La transmission de ces courriels était toujours cryptée et relayée par des serveurs indépendants, grâce au talent de quelques cracks de l'informatique sympathisants du Coronet. Il fallait éviter que ces messages n'émettent un signal à la National Security Agency, selon ce que Matthew en avait compris, et qu'ils se glissent dans leur banque de données, à laquelle le SRS avait accès. Rien n'avait été laissé au hasard pour préserver leur sécurité et empêcher qu'on les retrouve.

—À cette heure ? s'étonna Sydney.

Matthew paraissait tout aussi perplexe.

—Ils m'ont aussi contacté ce matin pour m'informer qu'ils devaient réapprovisionner mon stock de Serexène. Il me reste pourtant de quoi tenir deux bonnes semaines.

—Que dit ce message-ci ?

—Deux hommes de leur équipe de distribution seront ici dans moins de dix minutes.

Autant inquiète qu'intriguée, Sydney s'assit.

—Tu ne trouves pas ça étrange ?

Le regard toujours fixé sur l'écran de son téléphone, Matthew inclina la tête puis serra les lèvres.

—Je ne sais pas, dit-il sur un ton hésitant. Le code de sécurité à dix chiffres se trouve bien au bas du message… et il correspond au nôtre. Ça devrait suffire à prouver que le message est authentique.

—Ils ne viennent jamais si tard, observa Sydney.

La fatigue qu'ils ressentaient un peu plus tôt avait entièrement disparu.

—On fait quoi, maintenant ?

Matthew haussa les épaules.

— Il n'y a rien d'autre à faire qu'attendre.

Sydney croisa les bras et se cala dans le canapé, résolue à ne pas bouger jusqu'à l'arrivée des hommes du Coronet, tandis que Matthew se levait et se dirigeait vers l'entrée. Il ouvrit la porte pour jeter un coup d'œil à l'extérieur, mais il n'y vit rien d'anormal. À cette heure, le quartier était toujours paisible. Il y avait bien quelques fenêtres illuminées dans les maisons longeant la rue, mais la plupart des résidents semblaient déjà au lit.

Il referma la porte et s'adossa contre l'un des murs du vestibule. En consultant sa montre, il réalisa qu'à peine trois minutes s'étaient écoulées.

«Quelque chose ne va pas», se dit-il sans pouvoir identifier la cause du problème. Son instinct le trompait peut-être, mais il en doutait. Si les types du Coronet venaient leur rendre visite à une heure aussi tardive, c'était qu'il y avait une urgence. Et rares sont les urgences qui sont accompagnées de bonnes nouvelles. Selon son expérience, en tout cas.

Le réapprovisionnement en Serexène n'était qu'un prétexte. Il y avait autre chose. Un truc qu'ils avaient volontairement omis d'inclure dans le message. Pour ne pas les affoler. Pendant un bref moment, Matthew songea que la meilleure chose à faire était peut-être de fuir. De quitter cette maison en compagnie de Sydney et de ne plus jamais y revenir. Mais il se ravisa. Peter Lighthouse et les gens du Coronet avaient pour mission de protéger les Junkers. Il n'y avait aucune raison de ne pas leur faire confiance. C'était grâce à eux si les sœurs Fisher et lui étaient parvenus à échapper pendant si longtemps aux limiers du SRS.

Après les meurtres de Harry Fisher et de Joshua Troy, Lighthouse et ses hommes les avaient conduits tous les trois dans le Maine, au refuge secret du Coronet. Là-bas, ils s'étaient joints à une cinquantaine de Junkers, tous aidés par Lighthouse et admissibles au programme de protection des témoins. Au cours de la dernière année, cent cinquante autres Junkers avaient reçu le même traitement. À ce jour, deux cents Junkers et d'autres témoins gênants étaient dispersés dans tout le pays. Entre eux et le sort funeste que leur réservait le SRS, seul le Coronet faisait barrière. Sans lui, point de salut possible.

Bien sûr, il y avait eu cet incident avec Abigail Turner après leur départ de Fairy Lake. La Psycho Girl s'était échappée à bord d'un Suburban sans que Lighthouse et ses hommes ne puissent rien y faire. Malgré cela, Matthew devait se raisonner et cesser de se méfier : Lighthouse les avait protégés jusque-là et continuerait de le faire. Si ça n'avait pas été le cas, tous les Junkers auraient été tués depuis longtemps.

Il perçut soudain du bruit à l'extérieur. Le moteur d'une voiture. Il rouvrit la porte et constata qu'une fourgonnette de couleur noire se garait dans leur allée. Ça ne pouvait être qu'eux.

Deux hommes en civil descendirent de la fourgonnette et marchèrent vers le porche de la maison, sous lequel les attendait Matthew.

— On peut entrer ? fit l'un des hommes sans autre préambule.

L'hésitation de Matthew était évidente. L'autre, plus petit et plus frêle que son collègue, le remarqua sans doute, car il tendit la main pour se présenter.

—Je suis Steve Andrews, dit-il d'une voix nasillarde. Et voici Eddy Guzman. Excusez mon ami, il est un peu brusque, ajouta-t-il dans un murmure. Nous appartenons à la section Midwest du Coronet. Pouvons-nous entrer? L'affaire est urgente.

«Urgente, hein?» pensa Matthew. Il était certain qu'ils diraient ça.

Il remarqua alors que les deux hommes avaient les mains vides.

—Vous avez mon Serexène?

Andrews sourit.

—Entrons, dit-il simplement.

Matthew s'écarta pour libérer le passage. Andrews entra le premier, suivi de Guzman qui ne s'était pas déridé. L'homme aux traits burinés lança un regard sévère en direction de Matthew, qui ne sut comment l'interpréter. Ce Guzman ne l'aimait pas, c'était flagrant. Mais pourquoi? Matthew repensa au Serexène et comprit. Il n'était pas un Junker, mais bien un enfant de la génération Patecal. Un Psycho Boy dans la plus pure tradition, qui parvenait à contrôler ses instincts meurtriers grâce à ce médicament aux effets inhibiteurs. Il représentait tout ce que le Coronet combattait. Il était «l'ennemi». Pas étonnant que ce Guzman manifeste de l'hostilité à son endroit.

Matthew entra à son tour et s'empressa de rejoindre les deux hommes, qui étaient déjà passés au salon. Il les trouva debout devant Sydney qui n'avait pas bougé du canapé. Elle toisait les deux arrivants d'un œil suspect.

—Alors, que se passe-t-il? demanda Matthew en voyant que Sydney brûlait d'envie de poser la même question.

— Nous devons vous déplacer, l'informa immédiatement Andrews sur un ton formel. Il y a eu une faille
dans la sécurité.

— Une faille dans la sécurité ? répéta Matthew,
stupéfait.

Sydney se leva.

— Qu'est-ce que ça veut dire exactement ?

— Les messages électroniques... commença Andrews.
La NSA est parvenue à en intercepter quelques-uns et
à les décrypter grâce à son réseau Echelon. Les ana-
lystes ne s'intéressent qu'aux menaces terroristes pour
l'instant, mais les données saisies demeurent dans la
banque centrale du système mondial d'interception
des communications. Nous croyons que le Strategy
and Research Service a fait une demande pour obtenir
ces informations.

— Le SRS sait où nous sommes ? fit Matthew.

Andrews acquiesça, un peu honteux.

— C'est fort possible, oui. Lighthouse vous trans-
met ses excuses. Ses experts et lui ont sous-estimé les
compétences de la NSA.

« C'est le moins qu'on puisse dire », songea Matthew,
de plus en plus irrité. C'était pour Syd qu'il s'inquiétait
et non pour lui. S'il lui arrivait quelque chose, ce serait
tout son monde qui s'écroulerait. Elle représentait
tout pour lui.

— On ne doit prendre aucun risque, poursuivit
Andrews. Nous déménageons tous les Junkers. Ce
sont les ordres que nous avons reçus de Lighthouse
lui-même.

— Tous, sans exception ? s'étonna Sydney. Les deux
cents ? Y compris ma sœur ?

Une fois de plus, Andrews approuva, ce qui ne rassura en rien Matthew. Le petit homme mentait. Ashley, la sœur jumelle de Sydney, avait échappé à la surveillance du Coronet il y avait plus de deux mois maintenant. Incapable de se soumettre aux restrictions du programme de protection, elle avait fui son domicile sans en avertir quiconque. Lighthouse avait contacté Matthew par courriel peu de temps après sa disparition pour lui demander si Sydney ou lui avaient eu de ses nouvelles. Matthew avait répondu par la négative, en toute franchise. À sa connaissance, Ashley n'avait pas cherché à les contacter. Sydney lui en aurait parlé si tel avait été le cas. Lighthouse avait préféré ne rien dire à Sydney pour ne pas l'inquiéter, et Matthew jugeait que c'était une excellente idée. Il avait conclu leur échange de courriels en promettant au responsable du Coronet de l'informer si jamais Ashley donnait signe de vie.

—Dans votre cas, c'était prévu de toute façon, déclara Guzman d'un ton rude. Cette maison ne convient pas à votre situation de jeunes étudiants. Je ne sais pas qui a autorisé ça, mais si vous voulez mon avis, ça n'est pas très crédible. Un petit appartement conviendra beaucoup mieux.

—Et où se trouve-t-il, ce petit appartement? demanda Matthew.

—Prenez vos affaires, répondit Guzman. On vous informera en route.

—Que le strict nécessaire, j'imagine? fit Sydney avec sarcasme.

—T'as tout compris, ma belle, répliqua Guzman en conservant son air renfrogné.

—Nous ne bougerons pas d'ici tant que nous n'aurons pas obtenu une confirmation officielle de la bouche même de Lighthouse, déclara Matthew avec toute la conviction et la fermeté dont il était capable.

Guzman et Andrews échangèrent un long regard. Lorsque Guzman opina de la tête, Andrews plongea la main dans la poche de son imperméable et en sortit un téléphone portable qu'il tendit à Matthew.

—Numéro deux, composition rapide, dit-il simplement.

Ce dernier prit le téléphone et suivit les instructions d'Andrews. La communication ne mit que quelques secondes à s'établir.

—Oliver à l'appareil, annonça une voix qui n'était pas celle de Lighthouse.

Matthew hésita à se lancer.

—Euh…

—Qui est-ce? demanda la voix avec une pointe d'impatience.

Cette voix, Matthew la connaissait. C'était celle d'Oliver Flint, le chauffeur qui les avait conduits au refuge du Coronet en compagnie de Lighthouse. Sans doute était-il son bras droit.

—C'est Matthew… Matthew Craine, finit-il par articuler. Je voudrais parler à Peter Lighthouse.

Il y eut un silence, puis Flint répondit :

—Un instant.

Matthew perçut une série de murmures étouffés dans le récepteur, suivi d'un bref silence. Un autre homme ne tarda pas à se faire entendre :

—Matthew, c'est toi?

La voix était bien celle de Lighthouse cette fois. Matthew appuya sur la fonction haut-parleur du portable, de façon à ce que tout le monde entende leur conversation, en particulier Sydney.

— Je sais pourquoi tu me téléphones, admit-il. Les types du Midwest sont chez toi ?

— Oui, ils sont ici, répondit Matthew en jetant un coup d'œil aux deux hommes.

— Parfait. Sydney et toi devez les suivre. La sécurité de nos communications a été compromise. Ce serait dangereux de rester là où vous êtes. Nous avons déjà une nouvelle adresse pour vous, ainsi qu'une…

— Décrivez-les, le coupa Matthew.

— Quoi ?

— De quoi ont-ils l'air, vos deux hommes ?

Lighthouse mit du temps à répondre, ce qui accentua la méfiance de Matthew.

— Je crois qu'ils ont envoyé Steve Andrews et Edward Guzman, déclara-t-il au bout d'un moment. Andrews est petit, contrairement à Guzman, et il ressemble à un fonctionnaire. Quant à Guzman, c'est un gars plutôt costaud avec une gueule de gangster. Mais il ne faut pas s'y fier, c'est un véritable bouffon. Ça te va ?

Matthew ne dit rien. Il observa Guzman sans être capable de l'imaginer en joyeux plaisantin.

— Je rigole, Matthew, avoua Lighthouse à l'autre bout du fil. Je n'ai jamais vu Guzman sourire. Je ne crois pas qu'il en soit capable. N'est-ce pas, Ed ? fit-il en sachant que tout le monde écoutait.

— Mouais, grogna Guzman.

Quelle autre preuve Matthew pouvait-il exiger ?

— T'en fais pas, mon gars, dit Lighthouse pour chasser les derniers doutes de l'esprit du jeune homme. Steve et Eddy sont dignes de confiance. Vous êtes en sécurité avec eux. Ce sont les meilleurs.

Matthew acquiesça, à la grande satisfaction de Steve Andrews qui le gratifia d'un sourire entendu. S'il cautionnait les propos de Lighthouse, ce n'était en aucun cas pour plaire aux deux types du Coronet, mais bien pour dissiper les inquiétudes de Sydney.

— Et Winter, où se trouve-t-il en ce moment ? Je n'ai pas reçu de ses nouvelles depuis notre départ de Fairy Lake.

Avant de poser sa question, Matthew avait dirigé son regard vers Sydney, pour surveiller sa réaction. Elle n'avait pas cillé, mais restait attentive.

— Il va bien, répondit Lighthouse, toujours avec le même ton rassurant.

— Bien ?... Qu'est-ce que ça signifie ?

— Winter est un grand garçon, ne t'inquiète pas pour lui. Il sait très bien se débrouiller.

— Mais encore ? insista Matthew.

— Tu connais ton cousin… soupira Lighthouse dans le récepteur. Toujours à magouiller un truc ou deux.

— C'est bien ce qui m'in…

Il s'arrêta pour regarder Sydney, puis se reprit :

— … ce qui nous inquiète.

— On en rediscutera plus tard, si tu veux. Pour l'instant, ce qui importe, c'est que vous quittiez cette maison. Andrews peut me joindre à toute heure du jour ou de la nuit en composant ce numéro.

— Merci, Peter.

Ce n'était pas Matthew qui avait parlé cette fois, mais Sydney.

— Le temps presse, leur rappela Andrews en reprenant son téléphone.

Il coupa la communication, puis indiqua l'entrée de la maison.

— On vous attend à l'extérieur.

— N'oublie pas de prendre ta réserve de Serexène, dit Guzman en dévisageant Matthew.

Il s'agissait davantage d'un ordre que d'une simple requête. Décidément, cet homme ne l'aimait pas.

— À vos ordres, répondit Matthew en adoptant une posture militaire.

Sans rien ajouter, les deux hommes quittèrent le salon et prirent la direction de la sortie.

— Alors, qu'en dis-tu ? demanda Matthew à Sydney.

La jeune femme inspira profondément avant de répondre.

— Est-ce qu'on a vraiment le choix ?

Hansen et Winter

Le SRS avait enfin mis la main sur Winter Craine. C'était ce que Randall Bennett lui avait confirmé au téléphone moins d'une heure auparavant. Bien sûr, il pouvait s'agir d'un piège. Mais Hansen Crow, alias Hans Cameron, directeur adjoint émérite du SRS et l'un des premiers enfants de la génération Patecal, n'en avait que faire. Si Winter se trouvait là-bas, lui aussi devait y être.

Tuer cet insolent de ses propres mains était un fantasme qu'il caressait depuis plus de trois ans. Depuis le jour, en fait, où Craine avait refusé de se joindre à eux. À partir de ce moment, ce dernier n'avait cessé de leur mettre des bâtons dans les roues, atteignant un sommet l'an dernier en orchestrant l'assassinat de Joshua Troy, un autre Premier.

Étant lui-même un Psycho Boy – quoique à son avis, l'appellation « Psycho Man » convenait davantage à un homme de vingt-cinq ans tel que lui –, la mort de Troy ne l'avait pas affecté outre mesure. Privé de bons sentiments depuis sa naissance, comme tous les vilains, il ne parvenait pas à s'émouvoir de la disparition de son collègue et ami. Ce qui lui déplaisait par contre, c'était que Winter Craine avait planifié ce meurtre en toute impunité.

Hansen Crow et les autres prédateurs du SRS en avaient marre que cet idiot se mêle de leurs affaires. Crow s'était donné pour mission de l'arrêter et de lui faire payer son arrogance. Et cette mission, il allait l'accomplir aujourd'hui, que Winter lui ait tendu un guet-apens ou non. L'occasion était trop belle. Craine lui avait échappé à de nombreuses reprises par le passé, mais il était temps de remédier à ce problème.

Winter n'était pas idiot, mais surtout, il ne faisait confiance à personne. Il ne dévoilait pratiquement rien de sa situation, même aux gens du Coronet, auxquels il s'associait parfois. La seule personne qui aurait pu les mener à Winter était Misha Sperry, sa fidèle complice. Mais la jeune femme était tout aussi secrète et prudente que son partenaire. Une honte quand on savait qui elle était vraiment. Hansen Crow s'en voulait de ne pas avoir su la retenir.

Au fil des mois précédents, Crow s'était servi d'une quantité importante d'informations provenant des divers services de renseignement, mais jamais il n'avait réussi à coincer le vilain. Seuls les deux autres Premiers avaient croisé son chemin. Ça ne s'était pas très bien terminé pour Troy. Quant à Mason, ils seraient bientôt fixés ; avant son départ de Washington, Crow avait contacté l'autre Premier pour lui transmettre l'information que venait de lui fournir Randall Bennett.

« Chaleureuses retrouvailles en perspective, songea Hansen Crow avec un sourire complaisant. Il faut fêter ça ! » La soirée atteindrait son apogée au moment de la mise à mort de Winter Craine.

Selon l'agent Bennett, Volanthen et lui se trouvaient à Baltimore, au troisième étage d'un édifice à logements situé dans Fawn Street. Pour ce voyage, Crow s'était adjoint les services de quatre autres prédateurs, tous des Psycho Boys employés par le SRS et triés sur le volet. Ils constituaient sa garde rapprochée. Les directeurs adjoints du Strategy and Research Service ne se déplaçaient jamais sans eux. Si Craine lui préparait un coup fourré, ils sauraient comment riposter. Winter n'avait pas l'ombre d'une chance contre ces hommes bien entraînés. Crow se prit même à espérer qu'il tenterait quelque chose, juste pour le voir se faire passer à tabac par ses quatre sbires.

Ils grimpèrent ensemble les marches jusqu'au troisième étage, les gardes devant et Crow derrière. Dès qu'ils eurent atteint le palier, la porte du 302 s'ouvrit sur une large silhouette que les hommes et leur patron n'eurent aucune peine à reconnaître. Il s'agissait de Gabriel Volanthen. En silence, ce dernier les invita à entrer. Il paraissait calme et sûr de lui, ce qui fit croire à Hansen Crow que Bennett n'avait peut-être pas menti après tout. Était-il possible que Volanthen et lui soient réellement venus à bout de Winter ? Pourquoi pas ? Volanthen était un dur, aussi puissant, sinon davantage, que Craine.

Ça ne signifiait pas qu'il fallait abaisser sa garde pour autant. Il n'avait qu'à se rappeler la façon dont Winter s'était assuré la complicité de Johnny Fury, un an plus tôt, pour piéger Troy. Ce jeune démon de Jack O' Spades était capable des pires fourberies.

— Où est-il? demanda simplement Crow.

Volanthen leur fit signe de le suivre dans le couloir. Une fois au salon, il indiqua une autre pièce, située à l'opposé. Les dimensions modestes de l'appartement suggéraient qu'il ne pouvait s'agir que de la chambre à coucher. La porte était ouverte. Randall Bennett apparut dans l'encadrement et s'adressa à Crow ainsi qu'à ses hommes:

— Venez.

— Il est là-dedans? demanda Crow.

Bennett répondit par un hochement de tête.

— D'accord, fit le directeur adjoint.

Puis, à l'intention de ses hommes, il ajouta:

— Allons-y, messieurs.

Tous les cinq s'avancèrent, suivis de Volanthen. En traversant le petit salon, les hommes de Crow dégainèrent leurs armes, qui reposaient jusque-là dans des étuis de cuir camouflés sous leur veston.

Crow repéra Winter bien avant de faire ses premiers pas dans la chambre. Il aurait fallu être aveugle pour ne pas le voir. Le Psycho Boy de dix-neuf ans était étendu sur le lit, immobile. Le haut de son corps était dénudé et couvert de sang coagulé.

— Il est mort? demanda Crow sans quitter Winter des yeux.

Personne ne répondit.

— IL EST MORT? cria cette fois le directeur adjoint.

Bennett baissa les yeux, puis la tête, visiblement embarrassé.

— Il était à moi, ce fils de pute! À MOI!

Crow marcha rapidement jusqu'au lit et posa deux doigts sur le cou de Winter, sous la trachée, pour prendre son pouls. Il n'y avait rien, aucun battement.

— Tu ne m'as pas attendu, salaud, murmura Crow assez fort pour que les autres l'entendent.

En retirant ses doigts, il remarqua une légère imperfection sous le menton de Winter. La peau semblait décolorée à cet endroit. Il gratta la zone du bout de l'ongle et réalisa que le tissu cutané se pelait comme un oignon.

— Mais qu'est-ce que…

Ce fut alors que retentit le premier coup de feu.

Crow releva la tête et vit que Volanthen, debout derrière deux de ses hommes, avait le bras tendu. Un troisième homme reposait au sol, tué d'une balle dans la tête. Dans sa main, Volanthen tenait un Beretta muni d'un silencieux. Il fit feu de nouveau, atteignant les deux autres gardes du corps à la nuque. Ceux-ci s'effondrèrent au sol, morts.

Crow perçut ensuite du mouvement sur sa droite, dans le coin opposé de la chambre. Le dernier garde du corps avait brandi son arme et s'apprêtait à faire feu sur Volanthen lorsque la porte de la penderie s'ouvrit brusquement, laissant apparaître une jeune femme tenant un poignard.

«Misha Sperry…» réalisa Crow immédiatement.

Elle lança son poignard en direction du garde, qui le reçut en pleine poitrine. Contrairement aux trois autres, il ne tomba pas tout de suite. Le regard figé, la bouche entrouverte, il continua d'avancer vers Volanthen. Lentement, il dirigea son arme vers celui qui avait abattu ses collègues.

Ses mouvements étaient lents et désordonnés. Il ne lui restait que quelques secondes à vivre, mais il souhaitait user de ce temps pour commettre un dernier meurtre et forcer l'un de ses adversaires à l'accompagner en enfer. Mais Volanthen ne démontra aucune pitié ; il lui logea une balle dans la gorge et une autre au milieu du front. Cette fois, l'homme s'écroula.

Volanthen braqua ensuite son arme sur Hansen Crow. Le Premier avait beau surpasser tous les humains en force et en agilité, il préférait ne pas se mesurer aux projectiles de son arme à feu, comme tout bon vilain qui souhaite rester en vie.

— C'est toute une armée qu'il t'aurait fallu, observa Volanthen.

Quelque chose clochait dans l'attitude et le maintien général du Psycho Boy, mais Crow était incapable d'identifier ce que c'était. Cela l'incita à examiner Randall Bennett de façon plus attentive. L'agent du SRS n'avait pas bougé, se contentant d'observer la scène en silence.

Misha abandonna finalement sa position. Elle prit soin de récupérer son poignard avant d'aller se placer aux côtés de Volanthen.

— Misha, je ne peux pas croire que tu es avec eux.

Le dépit exprimé par Hansen Crow était on ne peut plus sincère.

— Attendez une minute, dit Volanthen en se tournant vers Misha. Vous vous connaissez ?

— Je connais Hans Cameron, le directeur adjoint du SRS, répondit-elle. J'ignorais que c'était un Premier.

Son explication ne sembla pas satisfaire le Psycho Boy, qui répliqua aussitôt :

— Pourquoi tu ne m'en as pas parlé avant?

Crow sut à cet instant ce qui n'allait pas avec Volanthen. L'homme lui paraissait plus petit et moins robuste qu'à l'ordinaire. Mais la principale différence se situait au niveau de la voix : ce n'était pas la sienne.

Crow commença alors à comprendre.

— C'est toi, Winston, qui se cache sous ce masque, n'est-ce pas?

Volanthen cessa de fixer Misha et porta son regard sur celui qui venait de l'interpeller.

— Comment as-tu réussi ton coup? l'interrogea Crow. Mettre la main sur le duplicateur facial que le MI6 a volé au SVR russe, c'est plutôt gonflé… Même la CIA a échoué.

Volanthen porta la main à son visage et arracha la pellicule synthétique qui recouvrait ses traits. La perruque de cheveux noirs reliée au masque glissa du même coup. Crow avait vu juste : ce n'était plus Volanthen qui se tenait devant lui à présent, mais Winter Craine.

— J'ai des amis partout, révéla ce dernier. Et certains ont même leurs entrées à Legoland.

Crow n'était pas sans savoir que « Legoland » était le nom donné au quartier général du MI6, le Service secret de renseignement britannique, situé à Londres.

— Et je suppose que l'un de ces "amis" se cache en ce moment même sous les traits de Randall Bennett, pas vrai? demanda Crow en détaillant de la tête aux pieds celui qu'il croyait être son agent. Le résultat est frappant d'authenticité! ajouta-t-il avec un étonnement à peine feint. Son masque est encore plus réussi que le tien, ma foi. Tu sais que cet appareil, s'il est toujours en ta possession, pourrait faire de toi un homme riche, Winston ?

Ces masques hautement sophistiqués étaient composés d'un mélange de latex nouveau genre et de véritables tissus humains. Ils ne pouvaient subsister qu'une trentaine de secondes à l'air libre. Pour conserver leur équilibre chimique, les membranes composites devaient rester en contact permanent avec l'épiderme de leur porteur. Le lien symbiotique entre ces deux éléments ayant été rompu, le masque de Winter commença à s'effriter dans sa main. Il le laissa tomber par terre, où il acheva de se consumer.

— Riche, je le suis déjà. La seule chose qu'il me manque, c'est ta tête au-dessus de la cheminée.

Crow se mit à rire.

— Très amusant. Au fait, tu es parvenu à te débarrasser de Volanthen ? Impressionnant ! Tu lui as fait le coup du lacet étrangleur, pas vrai ? Où as-tu caché son cadavre ? Dans les chiottes ? La penderie ? Et celui-là ? fit-il en désignant l'homme décédé sur le lit. C'est Bennett, je suppose ? Le *vrai* Bennett ?

Winter approuva.

— T'es un vrai Sherlock Holmes, ma parole.

— Bah… ça m'arrive, répondit le Premier avec un sourire. Je suis un type plutôt brillant, tu sais. Allez, si tu me disais ce que tu attends de moi, Winston ? Ça ne t'embête pas que je t'appelle Winston, hein ?

Winter détestait qu'on le désigne par ce prénom, mais il n'en laissa rien paraître.

— Misha, va chercher la voiture, ordonna-t-il, ignorant la question de Crow. Et emporte le duplicateur facial avec toi. On ne sait jamais, ça pourrait nous servir.

Misha prit le caisson sous le lit, là où il était caché, puis quitta la chambre en traînant l'appareil derrière elle.

— Je suppose que notre entretien sera bref ?

Winter garda le silence et s'avança vers Crow, son arme toujours pointée sur lui.

— Qui est l'autre Premier ?

— Alors, c'est ça que tu veux savoir ? C'est la raison pour laquelle nous sommes ici tous les deux aujourd'hui ?

— Encore une fois, je m'incline devant ton esprit de déduction.

Crow secoua la tête.

— T'es un grand naïf. Tu crois sincèrement que je vais te le dire ?

— Si tu veux vivre, oui.

— Tu me tueras de toute manière, que je te révèle son nom ou pas. Élémentaire, mon cher Winston.

— Tu as raison, admit Winter. Mais il y a plusieurs façons de mourir.

— Attends, laisse-moi deviner. Ce que tu m'offres, c'est une mort rapide et sans douleur si je collabore, mais en cas de refus, j'aurai droit à une lente et pénible agonie, c'est bien ça ?

Ce fut au tour de Winter de sourire.

— C'est vrai que tu es un type brillant, Hans.

— Totalement cliché, ton truc. Tu as vu trop de films, mon pauvre garçon. Et sache que les menaces ne fonctionnent pas avec moi.

Winter le contempla pendant un moment, sans rien dire.

Crow s'impatienta.

— T'as perdu ta langue, beau gosse ?

— Tu étais amoureux de Sydney, affirma Winter. C'est pour ça que tu as essayé de la noyer.

Les épaules de Crow s'affaissèrent.

— Je n'ai jamais été amoureux de qui que ce soit !

Nul doute que Winter avait touché une corde sensible. Et il s'en réjouissait.

— Plutôt étonnant qu'on ait grandi dans le même bled, dit-il. Ce qui l'est moins, c'est que tous les deux, on soit tombés amoureux de la même fille. Elle est mignonne, Sydney. Je te comprends, tu sais. Tout part de là, n'est-ce pas ? Ta haine viscérale des Junkers… C'est toi qui manœuvres depuis le début pour tous les faire éliminer.

Les mâchoires crispées, le regard courroucé, Crow bouillait de colère.

— Nos destins sont liés, on dirait, ajouta Winter. C'est mon père qui a sauvé Sydney et Ashley, tu le savais ? Il les a non seulement préservées de la noyade, mais aussi de ta folie.

— Tu te crois différent de moi, Craine ? De nous ? Tu es un Psycho Boy, un prédateur né pour tuer ! J'ai envoyé Misha te libérer avant que tu ne tombes sous le charme de cette petite idiote de Fisher, mais il était déjà trop tard. Elle avait réussi à semer le doute en toi. Et ce doute, tu l'as transmis à Misha en lui faisant un enfant !

Winter demeura interdit. Comment pouvait-il être au courant ? Et si Crow savait, alors ça signifiait que d'autres savaient aussi. Il sentit une pression s'exercer sur sa poitrine. Une pression provoquée par la peur, sentiment qu'il ressentait pour la première fois.

— Bien sûr que je suis au courant pour Fiona !
renchérit Crow. C'est sûrement la première enfant
née d'un couple de vilains ! Elle se joindra à nous un
jour, Craine, et crois-moi, elle sera encore plus diabolique que nous tous réunis. C'est elle qui nous dirigera.
Elle, et tous ceux de sa génération !

— Tu es malade ! rugit Winter en sortant de son
état de stupeur.

Il frappa Crow au visage avec toute la force dont il
était capable, puis le saisit par son veston et l'obligea
à s'agenouiller devant lui. Ensuite, il l'agrippa solidement par la mâchoire et le contraignit à ouvrir la
bouche afin d'y introduire le silencieux de son Beretta.

— Dis-moi qui est l'autre Premier ! menaça Winter.
Dis-le-moi avant que je te fasse éclater la gueule !

Crow parvint à rire malgré le canon qui emplissait
sa bouche.

— Qui est-ce ? Dis-moi son nom, bordel !

— C'est moi, dit une voix posée que Winter
connaissait.

Le Psycho Boy tourna lentement la tête et vit
qu'un homme se tenait sur le seuil de la porte, à
l'endroit précis où lui-même s'était arrêté quelques
minutes auparavant pour surprendre Hansen Crow.
L'homme était armé d'un Glock, le pistolet réglemen-
taire des marshals, et le pointait sur Winter, qui ne put
cacher son étonnement.

— Content de te revoir, Craine. Ça faisait un bail,
non ?

Winter avait espéré que le troisième Premier se
présenterait aussi au rendez-vous. Apparemment, son
vœu s'était réalisé, mais un peu plus tôt que prévu, ce

qui le mettait dans une position délicate. Une position où il n'avait pas l'avantage. Enfin, pour le moment.

— Tu es content? fit l'homme. Tu nous as tous retrouvés!

C'était vrai. Tout d'abord, il y avait eu Joshua Troy, l'agent du FBI, puis Hanson Crow, directeur adjoint du SRS. Et voilà que Winter découvrait enfin l'identité du troisième Premier. C'était Peter Lighthouse, U. S. Marshal et responsable du Coronet pour la division Nord-Est.

— Ta mission est accomplie et ta curiosité satisfaite, ajouta celui-ci. Tu peux mourir en paix maintenant.

Sydney et Matthew

Ils avaient rapidement fait leurs bagages puis étaient descendus retrouver Andrews et Guzman devant la fourgonnette.

— Vos portables, exigea Guzman après avoir déposé leurs valises dans le véhicule.

Sydney et Matthew sortirent leurs téléphones et les lui tendirent.

— Jetez-les par terre.

Ensemble, ils laissèrent tomber les appareils sur le bitume de l'allée. À coups de pied, Guzman s'empressa de les réduire en miettes.

— Simple précaution, expliqua Andrews. Pour éviter qu'ils nous suivent à la trace.

Matthew releva la jambe de son pantalon afin d'exhiber sa cheville.

— Et mon bracelet de repérage, je m'en débarrasse ? Le SRS pourrait intercepter le signal, non ?

Andrews répondit par la négative.

— Si c'était le cas, ils vous auraient retrouvés depuis longtemps.

— De toute façon, ça alerterait les marshals, ajouta le malabar en soupirant. On aurait toute la police de l'État sur le dos. Et là, tu peux être certain que le SRS nous collerait ses meilleurs limiers au cul. Non, tu le gardes, ton truc. Et puis, y'a déjà suffisamment de cinglés en cavale…

— Hé, une minute ! se défendit Matthew. Je n'ai pas l'intention de m'enfuir !

— Ouais… c'est ce qu'ils disent tous au début. Allez, on y va.

Sydney posa une main sur le bras de Matthew pour lui signifier qu'il ne servait à rien d'insister. Ils grimpèrent à l'arrière pendant que les deux hommes prenaient place à l'avant. Guzman s'installa au volant.

Le début du trajet se déroula en silence. Ils roulèrent vers le sud, dans Lafayette Street puis Decatur Road, jusqu'à ce qu'ils atteignent la 469. De là, ils bifurquèrent en direction de l'est pour atteindre l'autoroute 69, qui menait à Indianapolis.

— Vous prévoyez nous faire quitter l'État ? les interrogea Matthew une fois que Fort Wayne fut derrière eux.

— Nous n'allons pas si loin, maugréa Guzman.

— Où nous conduisez-vous, alors ? demanda Sydney.

Ce fut Andrews qui répondit, beaucoup plus diplomate.

— À Marion, une petite ville de trente mille habitants. C'est à une heure de route d'ici. Il y a même une université.

— Si près ? s'étonna Matthew.

— Justement, fit Andrews. Les types du SRS ne penseront jamais à vous chercher là-bas. Ils vous croiront relogés à Indianapolis ou dans un autre État, mais certainement pas à moins de cent kilomètres de votre ancienne planque.

Cette explication suffit à satisfaire Sydney, mais pas Matthew, qui doutait encore.

— Que se passera-t-il si l'un de nous croisait une ancienne connaissance de Fort Wayne ? Nous avions beaucoup d'amis étudiants là-bas. Certains d'entre eux ont peut-être des parents à Marion, vous y avez pensé ? Ils pourraient raconter qu'ils nous ont vus et…

— Vous n'aurez qu'à les expédier dans l'autre monde ! ricana Guzman. C'est bien ce que font les Psycho Boys, non ? Ils zigouillent les gens !

Matthew se demanda à cet instant si certains membres du Coronet pouvaient également appartenir à Ladies & Gentlemen. Si c'était le cas, cette grosse brute de Guzman faisait assurément partie du lot.

— Si ça se produit et que quelqu'un vous reconnaît, vous n'aurez qu'à nous prévenir, le rassura Andrews. Nous vous déplacerons ailleurs.

— Andrews et Compagnie, déménagements en tout genre, râla Guzman en gardant ses yeux fixés sur la route.

— Ceci n'est qu'une mesure d'urgence, ne l'oubliez pas, poursuivit le petit homme sans se soucier de son collègue. Lorsque la poussière sera retombée, ils vous transféreront probablement sur la côte Ouest.

Matthew perçut l'enthousiasme qui gagnait Sydney.

— La Californie ?

— Le soleil, les plages et tout ce qui vient avec, confirma Andrews.

— Sans oublier les tremblements de terre… ajouta Guzman en bon rabat-joie.

Ils continuèrent sur la 69 sud jusqu'à la sortie 264, qu'ils empruntèrent pour se rendre ensuite jusqu'à Marion.

— C'est ici qu'est né James Dean, vous le saviez? leur révéla Andrews lorsque la fourgonnette fit son entrée dans la ville.

— Je croyais que c'était à Fairmount, ronchonna Guzman.

Après avoir roulé sur les grandes artères pendant quelques minutes, ils quittèrent le centre-ville pour se rendre dans une zone résidentielle située au sud-ouest, tout près de l'université.

— Tu as l'adresse? demanda Guzman à son partenaire.

— Oui, on y est presque.

Andrews lui indiqua le nom de la rue ainsi que le numéro civique.

— À droite, ici.

Guzman obéit. Quelques instants plus tard, il garait la fourgonnette devant un immeuble de six étages à l'aspect terne et négligé. À part une relique de marque Chevrolet qui agonisait dans un coin, le stationnement était vide.

— Nous n'habiterons pas sur le campus? demanda Sydney lorsque Guzman éteignit le moteur.

— Toutes les places sont déjà prises, nous avons vérifié, lui expliqua Andrews. Et ici, au moins, personne ne vous posera de questions.

— Il m'a l'air inoccupé, cet immeuble, fit remarquer Matthew en examinant leur future résidence d'un œil suspect. On le croirait à l'abandon.

— Les locataires sont peu nombreux et très discrets, dit Andrews. Exactement ce qu'il vous faut.

Ils descendirent tous de la fourgonnette, prirent les bagages et se dirigèrent vers l'immeuble. Leur nouvel appartement était au rez-de-chaussée, à deux pas du hall d'entrée. Andrews avait les clés. Il ouvrit la porte, qui grinça comme celle d'un vieux manoir hanté.

Matthew et Sydney déposèrent leurs valises au salon et inspectèrent rapidement les lieux. Ils y trouvèrent cinq autres pièces : une cuisine, une salle à manger, une salle de bain ainsi que deux grandes chambres, toutes meublées. L'état général de l'appartement laissait à désirer, mais c'était mieux que ce que laissait présager la façade du bâtiment. La décoration était vieillotte et les murs avaient besoin d'être repeints. Il y régnait également une forte odeur d'urine et de moisissure.

— La vieille dame qui habitait ici avait un chien, précisa Andrews.

— Trop vieille pour lui ouvrir quand il demandait la porte, apparemment, dit Matthew.

— Bah, suffit de nettoyer un peu et ce sera réglé ! s'exclama Guzman, en souriant pour la première fois.

Même sa bonne humeur déplaisait à Matthew.

— Et où est-elle maintenant, cette vieille dame ? demanda Sydney.

— Elle a déménagé, répondit Guzman. Rue du cimetière.

Sydney releva les sourcils.

— Elle est morte ici ?

— Qu'est-ce que t'en as à foutre qu'elle soit morte ici ou non ?

Jugeant que c'en était trop, Matthew s'interposa.

— Du calme, dit-il à Guzman. On reste poli avec les dames.

Ses mots n'eurent pas l'effet escompté. Plutôt que d'apaiser Guzman, ils semblèrent attiser davantage son animosité.

— Tu te prends pour son chevalier servant ou quoi ?

— Et toi, répliqua Matthew sur le même ton méprisant, pourquoi sens-tu le besoin de faire chier tout le monde ?

— Sale petit fils de…

D'une poigne solide, Guzman attrapa Matthew par le bras et le tira vers lui. Il fit disparaître son autre main derrière son dos, sous son veston, et saisit le pistolet qu'il portait au creux des reins.

— Et si je repeignais cet appartement avec ta cervelle, hein ? grogna Guzman en plaçant le canon de son arme sous le menton de Matthew. Je parie que tu la ramènerais moins, Psycho Boy !

— Lâchez-le ! ordonna Sydney.

— La Junker s'inquiète pour toi, ironisa Guzman. Elle a peur que je te fasse du mal. Tu me crois capable de te faire du mal, Matthew ?

— Va te faire foutre !

— Non, *toi*, va te faire foutre ! rétorqua Guzman. S'il y en a un ici qui est baisé, ce n'est certainement pas moi !

— Arrêtez ! implora Sydney, visiblement paniquée. Qu'est-ce qui vous prend ? Pourquoi faites-vous ça ?

Sydney se tourna vers Andrews dans l'espoir qu'il intervienne, ce qu'il ne tarda pas à faire :

— Eddy, fous-lui la paix, nom de Dieu !

Guzman le fusilla du regard.

— Ne te mêle pas de ça, Stevie !

— Range ton arme.

— J'en ai marre de ce petit con ! Pourquoi attendre, hein ?

« Attendre ?… Attendre quoi ? se demanda Sydney. De lui loger une balle dans la tête ? »

— Un quart d'heure de plus ou de moins n'y changera pas grand-chose, ajouta Guzman.

— Pas maintenant, décréta Andrews. Il est encore trop tôt.

Les regards terrifiés de Sydney et de Matthew se croisèrent. Andrews et Guzman venaient d'abattre leurs cartes ; ils avaient visiblement l'intention de les exécuter. Ils ne s'entendaient tout simplement pas sur le moment de passer à l'acte.

— Sauve-toi, Sydney ! s'écria soudain Matthew. Ils vont nous tuer ! Sauve-toi vite !

Pouvait-elle s'enfuir sans son compagnon ? Non, c'était impossible. De toute façon, la sortie était bloquée par Andrews et Guzman, qui se tenaient devant la porte. Sa seule option aurait été de courir vers les chambres et de s'échapper par une fenêtre, mais ce n'était pas réaliste. Ils l'auraient rattrapée bien avant qu'elle puisse ouvrir et passer de l'autre côté.

Même une fois à l'extérieur, ses chances étaient minces. Guzman n'était pas le seul à posséder une arme, elle en était convaincue. Ils n'hésiteraient certainement pas à s'en servir contre elle. Elle choisit donc de rester avec Matthew. À deux, ils avaient plus de chances de s'en sortir. Du moins, ce fut ce qu'elle se répéta pour se convaincre de passer à l'action.

Sans attendre, elle fonça droit sur Guzman, qui tenait solidement Matthew. Usant de toute sa force, elle bondit sur les deux hommes, espérant que son poids suffirait à faire tomber Guzman et à libérer son compagnon. Pendant un bref instant, elle crut que la manœuvre réussirait. Guzman perdit l'équilibre, vacilla sur ses jambes, mais ne tomba pas. Son dos heurta violemment la porte d'entrée. Il échappa une plainte étouffée et lâcha Matthew, mais pas son arme qu'il pointa sur Sydney. Il s'apprêtait à faire feu lorsqu'il fut touché d'une balle à la poitrine. Les yeux écarquillés, la bouche ronde, il cracha du sang avant de s'affaisser lentement au sol en glissant contre la porte.

Sydney se retourna pour constater que c'était Andrews qui avait tiré. Mais la jeune femme eut la désagréable impression qu'il ne l'avait pas fait pour leur sauver la vie. Ses raisons étaient tout autres. La preuve, c'était qu'il n'avait toujours pas abaissé son arme. Il la maintenait bien droite en direction de Sydney et de Matthew.

— Pas maintenant... répéta Andrews, le regard furtif. Il faut attendre le signal. Ce sont les ordres. Eddy a désobéi. Un agent du service ne doit pas désobéir aux ordres, sous peine d'être sévèrement réprimandé.

Matthew et Sydney l'observaient sans bouger. Il était clair qu'il n'était plus lui-même. Sans doute n'avait-il pas prévu d'abattre son partenaire. Et cette phrase qu'il avait prononcée : « Un agent du service ne doit pas désobéir aux ordres... » Pour Matthew, les mots « agent » et « service » ne pouvaient signifier qu'une chose : Guzman et Andrews faisaient partie du

SRS et non du Coronet, comme ils l'avaient prétendu. On les avait bien conduits ici, dans cet appartement, pour les éliminer. Le caractère impétueux de Guzman lui avait fait commettre une erreur. Une erreur qui lui avait coûté la vie. À présent, songea Matthew, il ne manquait plus que ce signal dont parlait Andrews pour qu'on les supprime à leur tour.

Winter et Mason

Après avoir réfléchi, Winter se ravisa. C'était impossible. Le troisième Premier ne pouvait être Lighthouse. Il était âgé d'une trentaine d'années, alors que Joshua Troy et Hansen Crow avaient à peine vingt-cinq ans.

—Je ne te crois pas, protesta Winter. Tu es trop vieux. Qui essaies-tu de protéger, Peter? Tu sais que c'est inutile, n'est-ce pas? Je retrouverai l'autre Premier, quoi qu'il arrive.

—Je ne protège personne, répliqua Lighthouse. C'est bien moi, Winter. Je suis le troisième Premier. Joshua, Hansen et moi sommes nés dans le même laboratoire de Nascera Pharma, mais pas la même année. Je suis l'aîné des trois, mon vieux.

«L'aîné des trois? Pas nés la même année?...» se répéta Winter, perplexe. Il s'apprêtait à exiger davantage d'explications lorsque Crow, toujours agenouillé, le força à retirer l'arme de sa bouche. D'un mouvement brusque, il prit le Beretta des mains de Winter et poussa ce dernier au centre de la pièce. Il leva ensuite l'arme vers celui qui ressemblait à s'y méprendre à Randall Bennett et le descendit de deux coups de feu.

— Non! cria Winter.

Il voulut se porter au secours de l'homme, mais il fut interrompu par Lighthouse, qui fit entendre le déclic de son Glock.

— Un pas de plus, Winter, et tu vas le rejoindre.

— Ce n'était pas Bennett, dit Crow à Lighthouse pour expliquer son geste. Sûrement un copain de Winston. Il porte un masque, conçu à l'aide d'un duplicateur facial volé aux Russes.

— On prend les grands moyens à ce que je vois, ricana Lighthouse.

— Je vais vous tuer tous les deux.

Lighthouse gratifia Winter d'un large sourire.

— Ça, tu vois, ça m'étonnerait. Et si j'étais toi, je la fermerais un peu. Tu n'es pas en position de faire des menaces.

Winter acquiesça, mais sans la moindre conviction.

— Quel est ton vrai nom, Peter? demanda-t-il.

— Mason, répondit Lighthouse.

— Je peux te poser une question, Mason?

— Lance-toi, mon vieux.

— Cette nièce Junker que tu prétends avoir et qui expliquerait ton infatigable dévouement au Coronet…

Winter laissa sa phrase en suspens. Il n'avait pas à en dire davantage.

— Tu crois tout ce qu'on te raconte, Winter? Allez, ne me dis pas que tu es aussi naïf! Venant de toi, ça me décevrait.

— C'est grâce à toi si Abigail Turner est parvenue à s'échapper, pas vrai? Tu ne voulais pas qu'elle se retrouve en prison. Dis-moi, combien d'honnêtes hommes du Coronet étais-tu prêt à sacrifier pour lui offrir la liberté ?

— Le nombre nécessaire, répondit Lighthouse sans la moindre trace de remords. C'est moi qui ai fouillé Abigail. J'ai découvert le couteau qu'elle cachait dans sa botte. Je n'ai pas été assez rapide pour empêcher les hommes de lui injecter du Serexène, alors j'ai pensé qu'il valait mieux lui laisser le couteau. C'est une futée, cette petite. Espérons qu'elle acceptera de se rallier à notre cause, contrairement à toi.

— Votre cause, hein ? C'est une belle connerie tout ça. Lorsque vos super soldats comprendront qu'ils se sont affranchis d'une servitude pour se soumettre à une autre, c'est contre vous qu'ils se rebelleront.

— Bon, assez perdu de temps, intervint Hansen Crow. Je n'ai pas l'intention de passer la nuit ici, surtout avec ce qui se prépare en ce moment. Il nous reste une quantité de détails à régler, sans compter que les agents auront besoin de nous. On le tue ensemble, tous les deux, puis on retourne à Washington. Ils nous attendent au centre opérationnel.

— Non, pas tout de suite, s'opposa Lighthouse. Avant, je dois tout lui raconter.

— Quoi ? !

Cette annonce eut l'effet d'une douche froide sur Crow.

— Tu ne peux pas être sérieux, Mason.

— J'ai envie qu'il sache, insista Lighthouse. Je veux qu'il apprenne comment le grand Winter Craine s'est fait posséder.

— Trop dangereux, plaida Crow. Plus nous attendons, plus il risque de nous servir une autre de ses ruses.

— Cette fois, il ne pourra pas s'en sortir. Il n'a aucune chance contre nous. Assure-toi qu'il n'a pas d'arme et passe-lui ça, dit Lighthouse en tendant une paire de menottes à Crow. Elles sont renforcées, il ne pourra pas les briser.

Crow fouilla Winter des pieds à la tête, mais ne trouva aucune arme sur lui. Avec rudesse, il le força à passer les mains derrière le dos et s'empressa de lui mettre les menottes. Ceci fait, il poussa le Psycho Boy dans un coin et lui commanda de ne plus bouger.

— C'est bon maintenant, dit Crow à Lighthouse en venant se placer à ses côtés. Tu peux tout lui déballer si ça te chante. Je te demanderai simplement d'être bref.

Lighthouse signifia son accord par un signe de tête, puis s'avança vers Winter.

— J'ai toujours eu une longueur d'avance sur toi, Craine. Sauf en ce qui concerne Annie Wricter. Comme tous les autres, j'étais convaincu qu'elle était bien une Junker.

— Je soupçonnais qu'il y avait une taupe du SRS au sein du Coronet, laissa tomber Winter, mais jamais je n'aurais deviné que c'était toi.

— En effet, comment aurais-tu pu ? J'avais la couverture parfaite. Je te payais même pour retrouver les trois Premiers. Je savais que tu finirais par mettre la main sur Joshua et Hansen, avec ou sans mon aide, alors j'ai pris mes précautions. J'espérais que tu me préviendrais si jamais tu découvrais leur véritable identité.

— Ce que je n'ai pas fait.

Lighthouse sourit.

— C'est vrai, tu ne l'as pas fait. Tu ne fais confiance à personne et je respecte ça. Mais tout cela n'a plus d'importance désormais. Je ne t'en veux pas, Winter.

— T'en es certain ? Je suis quand même parvenu à me débarrasser de Joshua Troy, non ? Tu savais que j'étais de mèche avec Johnny Fury. Pourquoi as-tu laissé Troy se faire tuer ? Tu aurais pu lui dire qu'il se précipitait dans un piège.

— Troy était un idiot, expliqua Lighthouse. Son sacrifice était nécessaire. Il devait te tuer dans cette cave, mais n'a pas réussi. Je ne supporte pas les échecs. Ni les gens qui échouent.

— J'ai l'impression que Crow ne partage pas ton avis, observa Winter. S'il est venu ici, c'est uniquement dans le but de me faire la peau. Tu as versé une larme, Hans, en apprenant la mort de Joshua ? demanda-t-il en tournant la tête vers lui.

— Personne ne peut s'attaquer à nous sans en payer le prix, Winston, répondit Crow. Je ne cherche pas à venger la mort de Troy. Seulement à envoyer un message. Ce genre d'arrogance est inacceptable.

— Inacceptable ? répéta Winter, amusé. Tu n'as rien trouvé de mieux ?

— Ton arrogance te coûtera la vie. C'est mieux comme ça ? Et je m'en chargerai personnellement, lorsque notre petite causette sera terminée.

— Et toi, Mason, pourquoi tu ne m'as pas tué quand tu en avais l'occasion ?

— Je devais attendre que Sydney soit sous la protection du Coronet. Mais après l'incident chez le marshal Fisher, je ne t'ai plus revu. Nous ne communiquions que par téléphone. Et dans cette cave, il y avait beaucoup trop de témoins. Il fallait éviter de créer la panique chez les Junkers pour que notre plan fonctionne.

Winter baissa les yeux et secoua machinalement la tête.

— Je ne comprends pas, avoua-t-il. Pendant que les deux autres Premiers faisaient la chasse aux Junkers, toi, tu te cassais le cul pour les protéger…

— Le SRS et ses agents ont éliminé une bonne partie des Junkers, mais il était évident qu'ils n'arriveraient jamais à les retrouver tous. Crow et moi avons donc eu l'idée du Coronet, une organisation vouée à la protection des Junkers. Ainsi, les Junkers nous feraient confiance et n'auraient aucune réticence à se joindre à nous. Certains nous ont même contactés pour bénéficier de nos services. On ne pouvait espérer mieux. Pourquoi ne pas les avoir éliminés sur-le-champ ? Eh bien, parce que cela aurait effrayé les autres Junkers et qu'ils auraient refusé l'aide du Coronet. Non, il fallait attendre de les récupérer tous. Maintenant que nous savons où ils se trouvent grâce au programme de protection des témoins, la tâche sera facile. Ils seront tués ce soir, à minuit pile, par des agents du SRS se faisant passer pour des membres du Coronet. Nous avons prétexté un problème de sécurité et convaincu les Junkers qu'un déplacement était nécessaire. Avant d'envoyer l'ordre officiel de suppression, nous devions attendre de capturer la dernière, cette Annie Wricter. Mais comme cette fille n'est que le fruit de ton imagination, nous pouvons procéder dès maintenant. Un seul message texte suffira à enclencher le processus. À minuit ce soir, le problème Junkers sera définitivement réglé.

« Ça bouge ici, lui avait dit Archibald. Ils ont prévu quelque chose pour ce soir. Une opération. » C'était donc de cela qu'il s'agissait. Winter regarda le réveille-matin sur la table de chevet et vit qu'il affichait 23h49. Il pensa à Sydney et à Matthew. Si Lighthouse disait vrai, tous deux se trouvaient probablement en compagnie d'agents du SRS qui n'attendaient qu'un signal de sa part pour les éliminer.

— Et que fais-tu des autres membres du Coronet ? demanda Winter. Ils ne vous laisseront pas faire.

— Le Coronet n'existe plus, Winter. Les membres qui n'étaient pas de mèche avec nous sont tous morts au cours des dernières semaines. De façon prématurée, il va sans dire. Certains ont été tués dans des accidents de voiture, d'autres, victimes de crise cardiaque. Quelques-uns se sont même suicidés. Du moins, c'est ce que révèlent les enquêtes.

Il était maintenant 23h51. Winter n'avait plus beaucoup de temps pour agir. Il savait que Lighthouse enverrait l'ordre d'élimination à l'aide de son téléphone portable. Il devait à tout prix l'empêcher d'accéder à son appareil. La vie de Sydney et de son cousin Matthew en dépendait.

— Alors tu vois, dit Crow en dirigeant son arme vers Winter, pour le SRS et les Premiers, ce jour demeurera à jamais mémorable. Il marquera la fin du Coronet et de tous les Junkers, ainsi que la mort du célèbre Winston Terrance Craine.

—Faux, rétorqua aussitôt Winter avec tout le calme dont il était capable. Il marquera plutôt la fin des deux guignols que vous êtes.

Crow se mit à rire, mais Lighthouse demeura de glace.

—Deux pistolets semi-automatiques sont pointés sur ta sale gueule, et toi tu penses encore à ouvrir ton clapet? C'est pas du courage, ça, mon garçon, lui fit remarquer Crow, c'est de la stupidité. Tu n'as aucun atout dans ta manche cette fois. Aucun Johnny Fury qui se dévoilera au dernier moment pour nous surprendre.

—C'est vrai, admit Winter. Mais j'ai un Duncan.

—Un quoi?

C'était le signal. L'homme étendu sur le lit, celui qui portait le masque de Winter et que les deux Premiers croyaient mort, se redressa brusquement. Dans sa main, il tenait un Beretta et l'utilisa pour tirer trois coups de feu en direction de Crow et de Lighthouse. Ce dernier parvint à éviter les projectiles et à s'échapper de la chambre, mais Crow n'eut pas la même chance. Une des balles le manqua de peu, mais les deux autres se logèrent dans son abdomen. Il poussa un cri, puis se plia en deux.

—Duncan! s'écria Winter à l'homme sur le lit. Dépêche-toi de rattraper Lighthouse! Et prends-lui son téléphone!

Duncan Redditch retira son masque de latex, puis bondit hors du lit. Avant de se lancer à la poursuite de Lighthouse, il s'assura de désarmer Crow et de faire glisser son arme en direction de Winter. Toujours menotté, celui-ci se recroquevilla et fit passer ses poignets sous ses pieds afin de remettre ses bras devant lui. Il se pencha pour ramasser l'arme et marcha rapidement vers Crow, qui se roulait maintenant par terre en tenant son ventre ensanglanté.

— L'homme que tu as descendu tout à l'heure, c'était bien Randall Bennett, lui confia Winter sur un ton victorieux. Le vrai Bennett, le seul qui ne portait aucun masque. Je menaçais de tuer sa fille et son petit-fils s'il ne se tenait pas tranquille. Un miracle qu'il ait tenu jusque-là malgré sa blessure. T'as pas remarqué son air blême et la façon dont il transpirait ? T'en fais pas, il serait mort de toute façon.

« Contrairement à Duncan, qui était bien vivant », songea Winter. Si Crow n'avait pu sentir son pouls, c'était à cause de l'épaisseur du masque qu'ils avaient pris soin de doubler à cet endroit. Les poignets du Psycho Boy anglais avaient eux aussi été recouverts de latex, au cas où Crow choisirait de vérifier les pulsations de l'artère radiale plutôt que celles de la carotide.

— Ça ne changera rien... murmura Crow en grimaçant de douleur.

— Tu te trompes, Hansen. Dois-je te rappeler que je gagne toujours ?

— Pas... pas cette fois. Non, il est trop tard.

Lorsqu'il réalisa que Duncan était de retour les mains vides, Winter se dit que Crow avait peut-être raison.

— Quelqu'un l'attendait dans une voiture, annonça Duncan. Ils sont partis ensemble. Je n'ai rien pu faire, Lighthouse était beaucoup trop rapide.

Pendant un bref instant, Winter craignit que Lighthouse se soit enfui avec Misha, mais celle-ci entra en trombe dans l'appartement et vint vite les rejoindre dans la chambre.

— Bordel, mais qu'est-ce qui se passe ? J'ai vu Lighthouse en bas. Flint et lui sont partis vers le sud à toute vitesse à bord d'un Suburban.

— Duncan, les menottes, vite, dit Winter.

Il leva les poignets au-dessus de sa tête et attendit, confiant, le tir de Duncan. Celui-ci visa la chaîne des menottes avec son Beretta et la rompit d'un seul coup de feu. Sa formation à Fort Monckton, le site d'entraînement des agents du MI6, avait fait de lui un excellent tireur.

— Cette merde de Beretta 92 ne vaut pas mon vieux SIG, laissa-t-il échapper, faisant référence à son arme habituelle.

— Donne-moi ton téléphone, ordonna ensuite Winter à Misha. Ils sont au courant pour Fiona. C'est toi qui leur as dit ?

La question parut offenser la jeune femme.

— Moi ? Mais tu es dingue ! Pourquoi j'aurais fait ça ?

— Ton téléphone ! répéta Winter.

Dès qu'il eut le portable en main, il composa le numéro de sa résidence privée à Laconia.

— Mademoiselle Fox ? Ici Winter. Prenez Fiona et quelques affaires et quittez la maison tout de suite… Non, je vous expliquerai plus tard. Vous vous rappelez du lieu de rendez-vous ?… Parfait.

Il coupa la communication.

— Ils veulent s'en prendre à Fiona ? s'inquiéta aussitôt Misha.

— Je ne sais pas. Je doute qu'ils sachent où nous habitons, mais je ne veux prendre aucun risque.

Il s'agenouilla ensuite auprès de Crow et l'obligea à se mettre sur le dos. Il était clair que le Premier souffrait atrocement. Les blessures par balle au ventre sont parmi les plus douloureuses, et ne pardonnent que très rarement.

— L'assassinat des Junkers, comment je peux arrêter ça ? lui cria Winter. COMMENT ?

— Tu ne peux rien arrêter. Ils vont… Ils vont tous mourir, Sydney y compris. Tu t'es fait baiser, Craine.

L'espace d'un instant, ses grimaces de douleur se transformèrent en un sourire diabolique.

— Je vais te tuer, fils de pute !

— Pour ça aussi, il est trop tard, ricana Crow.

— Ah ouais ?

Winter défit le filin d'acier enroulé autour de son poignet, le passa autour de la gorge de Crow et s'en servit pour l'étrangler. Le Premier tenta de se débattre, mais il était trop faible pour repousser son agresseur. Il ouvrit la bouche une dernière fois, mais n'arriva pas à prononcer un seul mot.

Winter ne relâcha ses efforts qu'au moment où le Premier cessa de bouger et de respirer.

— Tu passeras le bonjour à Joshua Troy pour moi, murmura-t-il au cadavre de Hansen Crow qui gisait maintenant à ses pieds.

Il sortit ensuite de sa poche un couteau et une autre fiole de verre. Ne lui restait qu'à prélever quelques cheveux sur la tête de Crow pour achever son rituel.

Sydney et Matthew

De la pointe de son arme, Steve Andrews leur indiqua de passer au salon.

— Assoyez-vous là.

Sydney et Matthew allèrent s'installer sur le canapé que leur désignait nerveusement Andrews.

— Vous allez nous tuer ? demanda Matthew.

Le petit homme ne répondit pas.

— Qui vous a demandé de faire ça ?

— Ça ne vous regarde pas.

— Vous faites partie du SRS, n'est-ce pas ?

— Tais-toi, mon garçon, le pria Andrews d'un ton presque implorant.

L'homme regarda sa montre pour la énième fois, puis passa sa main sur son imperméable avant de la plonger dans sa poche. De toute évidence, il cherchait quelque chose. Les deux jeunes gens comprirent ce que c'était lorsqu'il en sortit son téléphone et le consulta d'un regard intense.

— Quelle heure est-il ? demanda Matthew à voix basse.

Sydney regarda sa propre montre.

— Presque minuit. Pourquoi ?

—Je ne sais pas, répondit Matthew sans lâcher l'homme des yeux. J'ai le sentiment que notre temps est compté. Il faut faire quelque chose avant qu'il ne reçoive ce signal, sinon nous sommes cuits.

Il avait évité de dire «morts» pour ne pas alarmer Sydney, tout en sachant qu'elle n'était pas idiote; elle savait très bien ce qui les attendait.

—Regarde, dit-elle en désignant à la dérobée l'endroit où reposaient leurs affaires. L'hiver nous aidera.

Matthew examina attentivement chacun des bagages. «L'hiver nous aidera...» Que voulait-elle lui faire comprendre?

—Un retrait sur trois prises, ça te dit? chuchota-t-elle.

Cette fois, il saisit. Elle sollicitait ses qualités de lanceur. Le rabat de leur sac à dos était entrouvert et laissait voir la boule à neige que Winter avait offerte à Sydney.

«Un seul lancer, droit sur la cible», pensa-t-il en se souvenant de ce que son entraîneur lui disait: «C'est un vrai p'tit miracle qui te pend au bout de l'épaule, mon garçon.» Et un miracle, c'était justement ce dont ils avaient besoin. Mais pour réussir, Sydney devait trouver un moyen de lui passer rapidement la boule à neige. Le sac à dos était beaucoup trop éloigné de Matthew pour qu'il parvienne à l'atteindre. En étirant un peu la jambe, Sydney pourrait toutefois s'en saisir. À condition que lui-même imagine une façon de distraire Andrews pendant quelques secondes.

Soudain, le téléphone portable d'Andrews émit un bip. Puis un autre. Il avait reçu un message.

« Mauvais signe », songea immédiatement Matthew. Il n'y avait plus de temps à perdre. Il devait être minuit à présent, heure à laquelle il soupçonnait qu'Andrews devait les exécuter. Et ce message qu'il venait de recevoir, ça ne pouvait être qu'une forme d'autorisation ; le fameux signal qu'il attendait tant. Qui pouvait bien l'avoir envoyé, ce message ? Le SRS, sans aucun doute. Mais pourquoi avoir attendu si longtemps ? Et pourquoi ne pas les avoir tués dans leur maison de Fort Wayne ? « Parce qu'ils avaient besoin d'un endroit discret pour disposer des corps », conclut Matthew en se rappelant que le président des États-Unis et son entourage n'appuyaient ni les objectifs ni les méthodes du SRS, et qu'il ne leur faudrait qu'une bavure de la part de l'organisation pour donner l'ordre de la démanteler.

L'assassinat d'une Junker et d'un Psycho Boy bénéficiant du programme de protection des témoins provoquerait le déclenchement d'une enquête, menée conjointement par le FBI et le Service des Marshals, tandis que leur simple disparition susciterait des questions, certes, mais rien de trop préjudiciable pour le SRS.

— Je suis désolé, leur dit Andrews en rangeant son téléphone. L'ordre a été donné.

— Vous n'êtes pas obligé de faire ça, déclara Matthew. Vous n'êtes pas un tueur. C'est Guzman qui devait s'en charger, pas vrai ?

— Tu ne sais pas qui je suis, rétorqua le petit homme. J'ai déjà tué.

— Des Psycho Boys peut-être, mais jamais de Junker. Je me trompe ?

— Ferme-la !

— Écoutez, Steve… Je peux vous appeler Steve ?

— Non, tu ne peux pas.

Andrews pointa son arme sur Matthew, qui leva aussitôt les mains afin de démontrer la bienveillance de ses intentions. Du coin de l'œil, il aperçut Sydney qui tentait de renverser le sac avec son pied. Andrews était beaucoup trop préoccupé par Matthew pour s'en rendre compte.

— Nous n'avons rien fait de mal, poursuivit le jeune homme sur un ton conciliant. Nous voulons simplement discuter.

— Tu te prends pour qui, jeunot ? Un négociateur ?

Andrews hésitait à tirer, Matthew n'en doutait plus à présent. Un combat se livrait à l'intérieur de lui-même. Si ça n'avait pas été le cas, il les aurait abattus dès la réception du message.

— Vous avez des enfants, Steve ?

Andrews se figea, mais ne changea en rien son angle de tir. Juste à son air, Matthew sut qu'il avait visé juste.

— Une fille, répondit l'homme.

— D'après votre âge, je dirais qu'elle est assez vieille pour aller à l'université, tout comme nous. Elle est au courant de ce que vous faites comme boulot ? Je suis sûr que non.

Sydney exerça une pression du pied à la base du sac à dos, ce qui contribua à créer un léger déséquilibre. Le poids de la boule à neige, qui reposait dessus, suffit à faire basculer le sac vers l'avant. La boule roula jusqu'au pied de Sydney, qui la poussa vers Matthew. Attiré par le mouvement, Andrews orienta son arme vers le sac et le perfora de deux coups de feu. Il visa ensuite Sydney, mais au moment d'appuyer sur la détente, il fut interpellé par Matthew :

— Hé, Steve !

Le jeune homme tenait fermement la boule à neige dans sa main. En bon lanceur des ligues collégiales, il fixa ses yeux sur la cible, puis transféra son poids vers l'avant et expédia la boule de toutes ses forces en direction d'Andrews, qui la reçut en plein visage. Après l'impact, le petit homme fit un pas vers l'arrière et tira un autre projectile, qui se logea au plafond, puis tomba à la renverse, le nez en sang. La boule à neige, quant à elle, alla se fracasser contre le sol. Son contenu sirupeux se répandit sur le plancher de bois, tout comme le sang d'Andrews qui s'écoulait de son nez brisé.

— *Strikeout !* s'écria Matthew, satisfait de son lancer.

Il se précipita ensuite vers Andrews.

— Il est vivant, annonça-t-il à Sydney. Je l'ai mis K.-O.

Matthew fouilla le petit homme et lui prit son téléphone, son portefeuille ainsi qu'un couteau de poche, dont il se servit pour couper son bracelet de repérage.

— Espérons qu'il sera encore dans les vapes quand les marshals se pointeront, dit Matthew en glissant le bracelet dans l'une des poches d'Andrews.

Ses doigts rencontrèrent un objet dur et rond. Il le tira de la poche et réalisa que c'était une bague. En l'examinant de plus près, il vit les initiales *KK* gravées dessus.

— Pourquoi n'est-elle pas passée à son doigt ?

— Hein ? fit Sydney.

— Cette bague, elle était dans sa poche. Pourquoi ne la porte-t-il pas ? Il voulait la cacher, tu crois ?

La jeune femme haussa les épaules.

— J'en sais rien. Elle n'est peut-être pas à lui.

— Mouais... Les lettres KK, ça te dit quelque chose ?

Sydney secoua la tête. Ignorant lui aussi leur signification, Matthew ne s'attarda pas davantage sur le bijou et le remit dans la poche de son propriétaire. Il saisit ensuite l'arme d'Andrews, la passa à sa ceinture, puis se dirigea vers Guzman pour le dépouiller à son tour de ses effets personnels.

— Une chose est certaine, observa Matthew en cherchant les clés de la fourgonnette, c'est qu'on ne peut plus faire confiance à Lighthouse ni aux gens du Coronet. Ce sont eux qui nous ont vendus.

— À qui s'adresser dans ce cas ? demanda Sydney. À la police ?

— Évitons de communiquer avec les autorités. Nous ne savons plus qui est de mèche avec qui. Et puis, je suis certain que la police collabore d'une façon ou d'une autre avec le SRS.

Sydney sembla hésiter.

— Peut-être que Winter...

— Quoi, Winter ? fit Matthew, agacé. Tu veux faire appel à lui ? Mon cousin n'est doué que pour une seule chose : foutre la merde. Nous pouvons très bien nous débrouiller sans lui.

— Nous débrouiller ? rétorqua Sydney. Mais il n'y a pas que nous ! Tu oublies les autres Junkers ? Et que fais-tu de ma sœur ? Tu as entendu Andrews. Ils seront tous déplacés ce soir. Si ça se trouve, l'ordre sera donné de les tuer aussi. Il faut faire quelque chose. Il faut les prévenir !

—Ta sœur ne court aucun danger, la rassura Matthew. Pour ce qui est des autres Junkers, j'ai peur que nous ne puissions rien faire pour le moment.

—Ashley ne court aucun danger ? répéta Sydney, perplexe. Comment peux-tu en être si sûr ?

—Tu la connais, elle est incapable de se soumettre à l'autorité. Elle s'est enfuie il y a deux mois. Personne ne sait où elle se trouve. Pas même le Coronet. Lighthouse préférait que je garde le secret, pour ne pas t'affoler. C'est lui qui m'a prévenu.

—Tu aurais dû m'en parler, Matthew. Qui te dit qu'il ne l'a pas fait assassiner ?

—Si c'était le cas, il ne m'aurait pas prévenu, et il n'aurait pas cherché à savoir si nous avions eu de ses nouvelles.

Il fit une pause, puis ajouta :

—Écoute, Syd, je voulais simplement te protéger…

—Tout le monde veut me protéger. J'en ai marre !

—Je comprends, dit Matthew. On en discutera plus tard, si tu veux bien. Regarde, j'ai trouvé les clés. On peut y aller, maintenant.

Sydney ne fut pas longue à exprimer son accord. Avant d'aller rejoindre son compagnon toutefois, elle s'arrêta près d'Andrews et ramassa le socle en bois de la boule à neige, sous lequel étaient gravés les mots de Winter. C'était tout ce qui lui restait de son cadeau d'anniversaire. Matthew se priva de tout commentaire, tout en se questionnant sur ce qu'elle lui avait dit un peu plus tôt. En chuchotant « L'hiver nous aidera », parlait-elle réellement de la boule à neige ou de celui qui la lui avait offerte ?

Matthew chassa rapidement cette idée et empoigna leurs bagages. Ils devaient filer de cet endroit au plus vite.

— Tu veux l'arme de Guzman ? fit Matthew en laissant passer Sydney devant lui.

— Non merci, sans façon.

Alors qu'elle ouvrait la porte de l'appartement il remarqua le liquide bleu clair qui s'échappait du sac à dos, par les deux trous qu'avaient laissés les projectiles d'Andrews. Le garçon posa les bagages et vida le sac d'une partie de son contenu, jusqu'à ce qu'il découvre la source de la fuite.

— Merde, souffla-t-il en relevant la tête.

— Quoi ? fit Sydney, inquiète. Qu'est-ce qui ne va pas ?

— Il a foutu en l'air ma réserve de Serexène.

— Attends... tu n'as plus rien ?

Il secoua la tête.

— Pas une seule fiole n'a été épargnée.

— Tu dois prendre ta prochaine dose demain matin ?

— Ouais. À sept heures.

— Combien de temps avant que le Serexène cesse de faire effet ?

Matthew réfléchit un instant.

— C'est très rapide. À l'heure du lunch, on devrait être fixés.

— Si tôt ?

Il hocha la tête.

— Alors il faut t'en trouver d'autre, affirma Sydney.

— Se procurer du Serexène n'est pas si facile. Je n'ai plus d'ordonnance et il est hors de question de m'adresser au Service des Marshals ou au FBI pour en obtenir une. Autant me livrer tout de suite au SRS.

— Il doit pourtant y avoir un moyen…

— Peut-être. On verra. En attendant, je te conseille de prendre l'arme de Guzman.

— Pourquoi ? s'offusqua-t-elle sur un ton qui trahissait davantage son trouble que sa colère.

Matthew ne doutait pas de son indignation. Et d'une certaine façon, il lui en était même reconnaissant. Elle avait foi en lui, et cela le touchait, mais comme l'illustre la fable *Le Scorpion et la Grenouille*, on ne peut rien faire contre sa véritable nature.

— Parce que demain, à midi, je ne serai plus le même.

Winter et Misha

Winter conduisait avec prudence, sans dépasser les limites de vitesse. Ce n'était pas le moment de se faire arrêter. Il leur avait fallu un peu moins de cinq heures à bord de l'Audi A8 de Winter pour faire le trajet entre Baltimore et la banlieue de Hartford, là où ils avaient leur planque.

Cette maison, Winter l'avait achetée sous un faux nom et prévoyait s'y réfugier le jour où sa couverture serait compromise. Ce moment était venu. Misha et lui ne pouvaient retourner à leur résidence de Laconia, c'était trop risqué. Le SRS connaissait l'existence de Fiona. Si Misha n'avait pas menti, alors qui avait bien pu les renseigner ? Un autre résident de Laconia ? C'était peu probable. Là-bas, personne ne connaissait leur véritable identité. À moins que ce ne soit Géraldine Fox, l'assistante de Winter et nounou occasionnelle de Fiona ? C'était une autre possibilité, encore que Winter ne doutât pas de sa loyauté. Mais qui alors ?

Une fois parvenus à destination, ils furent justement accueillis par l'employée. Laconia n'étant qu'à trois heures de route, la femme avait pris possession des lieux deux bonnes heures avant leur arrivée.

Il faisait encore nuit, mais l'éclairage du porche permettait de bien distinguer mademoiselle Fox, qui les attendait sur le perron.

— Elle est à toi, cette déesse ? demanda Duncan lorsqu'ils descendirent de voiture. Putain, je rêve ! Mais c'est Jeri Ryan !

Comme toujours, l'assistante portait ses cheveux en chignon et avait revêtu un élégant tailleur de couleur grise. Ses chaussures à talons hauts de sept centimètres accentuaient la longueur de sa silhouette, déjà élancée. Âgée de quarante-six ans, elle en paraissait dix de moins.

— Jeri Ryan ? fit Winter. Qui c'est, ça ?

— T'es inculte ou quoi ? C'est une super actrice. Elle joue le personnage de Seven of Nine dans *Star Trek* ! Tu connais *Star Trek*, non ?

— Tu regardes vraiment ces conneries ?

— Tu parles, Charles ! *Mister Spock, he's the man !* Pas d'émotions, le mec, et les filles lui courent toutes après !

— J'en doute fort.

— Mais hé, plus sérieusement, tu lui fais confiance, à cette beauté ?

Ce fut Misha qui répondit :

— Certaines personnes ne s'embarrassent pas de scrupules, même si elles ne sont pas comme nous. Et Winter la paie très bien. C'est également ton cas, je me trompe ? Et toi, Duncan, es-tu digne de confiance ?

— Aucun d'entre nous ne l'est réellement, répondit le Psycho Boy avec un large sourire. Mais tu connais l'expression : l'ennemi de mon ennemi est mon ami.

J'apprécie l'aspect lucratif de cette association. S'il te plaît, ne m'en tiens pas rigueur.

De son propre aveu, Duncan Redditch détestait le SRS autant, sinon plus, que Winter et Misha. Deux agents du service avaient tenté de le recruter à Londres, avant son départ pour les États-Unis. Ayant jadis commis quelques assassinats pour le compte du MI6, il refusa poliment leur offre, affirmant qu'il en avait plus qu'assez de subir le joug des agences gouvernementales. Sa réponse déplut aux types du SRS, qui menacèrent de le supprimer s'il ne se joignait pas à l'organisation. Duncan n'eut d'autre choix que de dégainer son arme et de les cribler de balles. Depuis, il était devenu l'une des principales cibles du SRS, tout comme Misha et Winter.

— Et pour Fiona ? leur demanda Duncan. Vous croyez que c'est votre jolie mademoiselle Fox qui a parlé ?

— Non, répondit sèchement Winter tout en ayant un regard sombre pour Misha.

Il n'était pas tout à fait convaincu que sa compagne n'y était pour rien. La veille, Hansen Crow avait affirmé qu'il connaissait Misha et qu'il était même à l'origine de sa venue à Fairy Lake cinq ans plus tôt. C'était à ce moment qu'elle était entrée en contact avec Winter pour le libérer, ou à tout le moins pour lui éviter de tomber sous le charme de Sydney. Un autre volet de sa mission consistait certainement à persuader Winter de joindre les rangs du SRS, puis de le livrer au service, mais Misha avait choisi de prendre la fuite avec lui.

Puis ils avaient eu un enfant. « La première enfant née d'un couple de vilains ! » avait déclaré Crow avec une fierté excessive, ce qui avait énervé Winter. Non seulement avait-il soutenu que Fiona se joindrait un jour au SRS, mais il avait aussi affirmé qu'elle adopterait un comportement encore plus destructeur que celui de tous les autres Psychos. Crow avait même prétendu que ce serait elle, Fiona, qui dirigerait leur destinée. Elle, et tous les autres enfants nés de parents vilains. Winter en avait alors déduit que les projets du SRS ne s'arrêtaient pas là. L'organisation ne souhaitait pas uniquement créer une armée de super assassins, mais avait également prévu d'accoupler les Psychos de manière à engendrer une nouvelle génération de tueurs encore plus puissants et pervers que leurs parents.

Winter n'avait pas l'intention de les laisser approcher Fiona. Non, ça, il ne le permettrait pas. Il s'était juré que cette enfant ne finirait pas comme Misha et lui. Pour elle, il espérait une vie paisible et heureuse. Une vie sans tracas, entourée de gens qui voulaient son bien. Malgré les prétentions de Crow, il demeurait convaincu que Fiona n'était pas une Psycho Girl. Il l'aimerait comme tout bon père aime sa fille, lui prodiguant attention et soins, afin qu'elle grandisse comme une enfant normale.

Cet amour profond qu'il ressentait envers Fiona, il le devait à Sydney. Une nouvelle gamme de sentiments s'étaient éveillés en lui depuis qu'il avait fait la connaissance de la Junker. Depuis qu'il en était tombé amoureux, à vrai dire. Des sentiments qui étaient parfois source de tourments, mais dont il ne se serait débarrassé pour rien au monde. Auparavant, il aurait mis un terme à sa relation avec Fiona par souci de sécurité. Or, c'était devenu inconcevable. Vivre sans la présence de Sydney à ses côtés était une chose. Envisager de ne pas voir grandir sa fille en était une autre, bien pire encore. Il aurait tout donné pour elle, y compris sa vie. Et s'il devait anéantir Lighthouse et l'ensemble du SRS pour la protéger, eh bien soit, il s'y emploierait. Peu importe le prix à payer.

Il aborderait de nouveau le sujet avec Misha, bien entendu, pour la confronter aux révélations de Crow et ainsi obtenir sa version des faits, mais il devait d'abord s'assurer que sa fille allait bien. Il se dirigea d'un pas rapide vers la maison.

— On fait quoi du duplicateur facial ? lui demanda Misha depuis la voiture.

— Laisse-le dans le coffre, répondit Winter sans se retourner. On le récupérera demain.

— Il a raison, renchérit Duncan. La seule chose dont nous avons besoin pour l'instant, c'est un peu de repos.

Misha et lui sortirent à leur tour du véhicule et tous les trois se retrouvèrent bientôt sur le perron, en compagnie de mademoiselle Fox.

— Comment va-t-elle ? demanda Winter sans même saluer son employée.

— Bien. Elle dort en ce moment, répondit la femme, s'adressant exclusivement à Winter. Elle a hâte de vous voir, vous savez.

Misha ne réagit pas. Fiona était son enfant, mais elle ne manifestait envers elle aucun attachement particulier. La Psycho Girl appréciait sa compagnie, comme elle appréciait celle de Winter, mais n'éprouvait pour la fillette qu'une timide sympathie, ce qui ne manquait pas de contrarier son partenaire. À plusieurs reprises durant la dernière année, Winter s'était efforcé d'éveiller son instinct maternel, usant chaque fois d'un stratagème différent, mais ses tentatives répétées s'étaient toutes soldées par un échec. Misha était insensible à l'amour comme à la compassion. Elle ne ressentait aucune culpabilité, aucun remords. Pour être heureuse, elle n'avait besoin que d'une chose : tuer. En cela, elle n'était pas différente des autres vilains. Pour changer, il lui aurait fallu tomber amoureuse d'un Junker, ce qui n'était pas une tâche des plus aisées. Les mâles ne représentaient que dix pour cent de la population des Junkers. Et encore faudrait-il que le Junker éprouve de l'attirance envers Misha, ce qui n'était pas évident. Elle était fort belle, certes, mais son air farouche et son attitude condescendante ne favorisaient guère les rapprochements.

Malgré tous ses défauts cependant, Misha se montrait loyale. C'était la raison pour laquelle Winter l'avait choisie pour compagne. Il avait confiance en elle. Du moins, jusqu'à tout récemment. Les propos d'Hansen Crow avaient ébranlé ses certitudes.

— Entrons, proposa Winter.

Une fois dans la maison, Duncan s'empressa de tendre la main à mademoiselle Fox et de se présenter :

— Duncan Redditch. Enchanté.

— Géraldine Fox. Tout le plaisir est pour moi.

— Vraiment ?

Ne sachant que répondre, la femme se contenta de sourire.

—J'adore votre prénom, lui confia Duncan.

—Merci, c'est gentil.

—Vous connaissez Jeri Ryan ?

—Qui ?

—Laisse tomber, Redditch, le rabroua Misha.

Pendant que Winter et elle passaient à la salle à manger, Duncan continua de s'entretenir avec mademoiselle Fox dans le vestibule. Il lui révéla entre autres qu'il avait un faible pour les grandes femmes blondes et qu'il était originaire d'Angleterre, ce qui expliquait son accent.

—Un Psycho Boy tout frais débarqué des vieux pays, dit-il en usant de tout son charme. Sauf que là-bas, on nous appelle "Shady Boys". Ça fait moins sérieux, vous ne trouvez pas ?

—Je ne m'intéresse que très peu aux affaires de vilains, répondit-elle en s'efforçant de garder le sourire.

La réponse parut décontenancer le pauvre Duncan.

—Euh… c'est bien, dit-il, à court de mots. C'est même très bien.

—Fous-lui un peu la paix, intervint Misha depuis l'autre pièce. On a des choses à discuter. Allez, venez.

D'un signe, Duncan invita l'assistante à le précéder dans la salle à manger, ce qu'elle fit en le remerciant.

—Charmante… murmura-t-il pour lui-même.

Tous trois étaient maintenant assis autour de la table. Ne manquait que Winter.

—Où est le patron ? demanda Duncan.

—Dans la chambre de Fiona, répondit Misha. Il voulait l'embrasser. Accordons-lui quelques minutes.

Duncan profita de cet intermède pour s'adresser une nouvelle fois à mademoiselle Fox. «Ma foi, il est infatigable», songea Misha.

— Saviez-vous que le prénom Géraldine est d'origine germanique? Il signifie "gouverner par la lance".

— Oui, j'étais au courant, avoua candidement la femme.

— J'adore ça. Ça me rappelle les Amazones, vous savez? Ces femmes guerrières qui mutilaient les hommes pour en faire ensuite leurs esclaves?

— Fascinant... répondit mademoiselle Fox, dont la patience commençait tout de même à s'effriter, tout comme celle de Misha.

— Redditch, fit la Psycho Girl en espérant que l'Anglais saisirait le message et qu'il la bouclerait pour de bon.

Mais Duncan n'avait d'yeux que pour l'assistante.

— Je peux vous poser une question, Géraldine?

Il n'attendit pas la réponse.

— Pourquoi bossez-vous pour Winter? Bien sûr, il a beaucoup d'argent, mais il ne peut y avoir que cela. Allez, dites-moi.

La femme jeta un coup d'œil en direction de Misha, comme si elle cherchait à obtenir son approbation avant de répondre. D'un haussement d'épaules, cette dernière lui signifia qu'elle pouvait faire comme bon lui semblait. Si elle souhaitait réellement satisfaire la curiosité de son admirateur, grand bien lui fasse.

— Il m'a probablement sauvé la vie, dit Géraldine.

Duncan releva un sourcil.

— Vous êtes sérieuse? Pourquoi dites-vous "probablement"?

— Disons qu'il m'a débarrassée d'un homme un peu trop insistant.

— Oh!…

La réaction de Duncan fit sourire Misha.

— Un homme jaloux, qui menaçait de me faire taire à jamais. Vous voyez ce que je veux dire?

Le jeune Anglais acquiesça malgré son malaise.

— Je vois…

Winter revint de la chambre de Fiona à ce moment-là.

— Elle dort paisiblement. Un vrai petit ange, ajouta-t-il pour Misha, qui n'eut pour seule réponse qu'un sourire maladroit.

Elle était consciente de la déception qu'elle suscitait chez Winter, mais ne pouvait rien faire de plus que se montrer franche avec lui. Fiona était une jolie petite fille d'un an et deux mois, calme et raisonnable malgré son jeune âge. Le genre de bébé dont toutes les mères rêvent. Mais l'enfant ne parvenait pas à émouvoir Misha. D'aucune façon. Winter aurait voulu qu'elle aime cette fillette. Il oubliait parfois que ça lui était impossible: elle n'aimait personne.

À son tour, il s'installa à la table. Les bracelets des menottes étaient toujours à ses poignets. Leurs chaînes brisées émirent un cliquetis métallique lorsqu'il posa ses avant-bras sur le meuble. Plus tard, au sous-sol, il trouverait les outils nécessaires pour se défaire de ses entraves, mais pour l'instant il y avait des questions plus urgentes à régler.

— Sydney et Matthew, dit-il.

— Écoute, Winter…

— Ne me dis pas qu'ils sont morts, Misha.

— Tous les Junkers le sont, répliqua la jeune femme. Tu peux être certain que Lighthouse a donné l'ordre d'exécution dès la minute où il s'est échappé.

— Tu ne le sais pas. Il a peut-être menti au sujet de cette opération.

— Tu le crois vraiment?

— Que ce soit vrai ou non, il faut trouver un moyen de vérifier.

— Comment? demanda Duncan. Six agents du SRS sont morts à cause de nous, en plus d'un directeur adjoint, et pas n'importe lequel: un Premier. Ils vont sortir l'artillerie lourde pour nous traquer, Winter...

Et ils n'abandonneraient pas tant qu'ils ne les auraient pas tous tués, Winter en était lui aussi persuadé.

— Si Sydney et Matthew sont toujours vivants, dit-il, ils chercheront à me contacter.

— D'accord, fit Misha, mais par quel moyen?

— Tu te souviens, il y a un mois, je t'ai dit qu'Ashley, la jumelle de Sydney, était portée disparue. Je crois qu'elle est retournée à Fairy Lake. C'est aussi là-bas que se rendront Sydney et Matthew.

— À condition que Sydney soit au courant pour Ashley et qu'ils aient échappé au SRS, observa Duncan.

— Je suis certain qu'ils y sont parvenus, répondit Winter. Je le sens, là, ajouta-t-il en fermant le poing et en l'appuyant contre son cœur. Que Sydney sache ou non pour sa sœur n'a pas d'importance. Ma tante, la mère de Matthew, habite toujours cette ville. Si mon cousin n'a pas changé, il voudra la revoir. Matthew a toujours été un sentimental. Il l'est encore plus depuis qu'il est tombé amoureux de Sydney. Et puis, Fairy Lake est l'endroit où nous avons grandi tous les trois. Le rendez-vous ne peut avoir lieu que là-bas.

— C'est aussi ce à quoi penseront Lighthouse et les types du SRS, dit Misha. Retourner dans cette ville, c'est carrément du suicide.

— Et qui te dit que ton cousin et la Junker n'ont pas décidé de fuir vers l'ouest ou vers le sud? intervint Duncan. Pour s'éloigner de tout ça?

— Ça m'étonnerait beaucoup. Mais il existe peut-être une façon de nous en assurer. Il faut leur envoyer un message.

— Un message? répéta Duncan. Mais comment? Winter sourit.

— Vous n'êtes pas de votre temps, les copains.

Il se tourna vers mademoiselle Fox.

— Vous vous y connaissez en réseaux sociaux? Twitter, Facebook, MySpace et toutes ces conneries?

— Tu ne peux pas être sérieux, Winter, fit Misha sur un ton de reproche.

— Très sérieux, fit-il.

— Ça ne fonctionnera jamais.

— Que ça fonctionne ou non, j'irai tout de même à Fairy Lake. Seul.

— Pas question. Je t'y accompagne, protesta Duncan.

Mais Winter avait pris sa décision. Personne n'arriverait à le faire changer d'idée.

— Tu restes ici avec Misha et mademoiselle Fox. J'ai besoin de vous trois pour veiller sur Fiona en mon absence. Au cas où les hommes de Lighthouse débarqueraient à l'improviste.

— C'est plutôt à Fairy Lake qu'ils se précipiteront tous, dit Misha.

Winter la toisa.

— Alors je dois y être avant eux.

Sydney et Matthew

À bord de la fourgonnette, ils avaient roulé jusqu'à Toledo, puis avaient pris la direction de l'est sans s'arrêter, pour rejoindre l'autoroute 80 qui traversait les États de l'Ohio et de la Pennsylvanie. À la hauteur de Hazelton, ils remontèrent vers le nord pour emprunter la 84 vers l'État de New York.

Une dizaine de minutes après avoir quitté New York pour le Connecticut, ils firent halte à Danbury, afin de se reposer un peu et de manger un morceau. Le trajet avait duré douze heures en tout, sans compter les arrêts pour le carburant et pour le petit-déjeuner qu'ils avaient avalé en vitesse à Bellefonte. Heureusement, ils avaient trouvé une quantité appréciable de billets dans les portefeuilles d'Andrews et de Guzman.

C'était Sydney qui avait insisté pour qu'ils retournent au Connecticut, malgré les protestations de Matthew. C'était beaucoup trop dangereux selon lui. Mais la jeune femme était persuadée que sa sœur Ashley se cachait à Fairy Lake, le seul endroit où elle avait encore des amis. Sans doute y avait-elle rejoint sa bande, les Dissidentes, et s'était-elle réfugiée chez l'une d'elles.

Ce qui avait finalement convaincu Matthew de se rendre là-bas, ce n'était pas la possibilité d'y retrouver Ashley. La jumelle de Sydney le laissait plutôt froid, et il ne s'inquiétait pas réellement de ce qui pouvait lui arriver. Non, la véritable raison pour laquelle il avait accepté de retourner à Fairy Lake, c'était qu'il espérait y dénicher quelques doses de Serexène. Sydney lui avait assuré que son père, du temps de son vivant, en gardait une importante réserve au sous-sol de leur maison. Il en avait même refilé à Winter l'année précédente, alors qu'il le retenait captif.

— Quelle serait la meilleure façon de contacter Ashley selon toi ? demanda Sydney au moment où ils entamaient leur repas.

Ils avaient choisi un petit restaurant situé aux limites de la ville, le Nardelli's Grinder Shoppe, pour son service rapide et pour son emplacement discret. Du moins, à leurs yeux.

— Avant les incidents d'hier soir, je t'aurais répondu sans hésiter que c'est par l'entremise de Lighthouse et du Coronet. Maintenant, il faut considérer que cette option est *out*.

— Dans un film une fois, j'ai vu des mecs qui passaient des annonces dans les journaux. Pour transmettre des messages codés, tu vois ?

— Pour que ça marche, il faudrait d'abord que ta sœur lise les journaux !…

Matthew avait répondu d'une manière brusque et hautaine, ce qui ne lui ressemblait pas. Le Serexène n'agissait plus sur lui depuis quelques heures déjà. Sydney en était consciente, mais ne s'était pas attendue à ce que les effets pervers de cette privation se manifestent aussi rapidement. Matthew avait changé. Il était plus froid et plus distant, et n'hésitait pas à exprimer le fond de sa pensée, même si ses propos se révélaient parfois blessants. Sydney avait la désagréable impression que plus les heures passaient, moins il arrivait à distinguer le bien du mal.

— Ce n'est pas une idiote, quand même, répliqua Sydney.

— Je reformule : il faudrait surtout qu'elle s'arrête aux petites annonces, ce qui n'est pas gagné. Ton truc, ça ne fonctionne qu'au cinéma, pas dans la vraie vie.

Sydney n'avait pas l'intention d'abandonner aussi facilement.

— Ce qui remplace les petites annonces aujourd'hui, c'est Internet. Il suffit de lui laisser un message sur les réseaux sociaux.

— Et qui te dit qu'elle consulte davantage les réseaux sociaux que les journaux ?

— Si Ashley a échappé à la purge du SRS et qu'elle est toujours vivante, elle doit certainement chercher à me contacter aussi. Je ne vois pas d'autre façon. Impossible de la joindre par téléphone ou par courriel. Ce serait trop risqué, comme tu dis.

— Aucun de nous ne dispose d'un compte sur ces réseaux, lui rappela Matthew. Lighthouse nous l'avait interdit.

— Il faut en créer un, alors. Sous un faux nom qu'Ashley reconnaîtra. Je pense que MMY est la meilleure option.

— MMY ?

— Me, Myself & You, expliqua Sydney, le nouveau réseau social à la mode. Toutes les filles à l'université en parlaient. Je crois que si Ashley nous cherche, elle commencera par là. Qui sait, elle essaie peut-être déjà de nous contacter. Il faut trouver un café Internet.

Matthew inspira profondément.

— Je ne crois pas que ce soit une bonne idée.

— C'est notre seule chance.

— Nous sommes à moins d'une heure de Fairy Lake, plaida-t-il. Nous n'aurons qu'à rendre visite aux amies de ta sœur pour être fixés.

— Et si elle n'est pas là ? Non, il faut absolument trouver un moyen de…

— Mais qu'est-ce que tu racontes ? la coupa Matthew avec impatience. Tu m'as pourtant assuré que…

— Hé, je ne suis pas voyante ! dit Sydney en l'interrompant à son tour. Il se peut très bien qu'elle ait choisi une autre ville.

— Merde, Sydney !

Ce vif échange attira l'attention de quelques autres clients du Nardelli's Grinder Shoppe. De jeunes familles qui, à partir de ce moment, les guettèrent du coin de l'œil tout en mastiquant leur sandwich ou leur pizza.

— De quoi te plains-tu ? rétorqua Sydney. Si nous allons à Fairy Lake, c'est aussi pour… te procurer du Serexène, reprit-elle, dans un murmure cette fois. L'as-tu oublié ?

— Je n'ai rien oublié, répondit Matthew, lui aussi à voix basse. Mais je ne suis plus tout à fait certain que…

— Que quoi ?

— Que ce soit nécessaire.

— C'est nécessaire. Fais-moi confiance.

— Je me sens bien, Syd.

— Peut-être, mais pas moi. Tu es différent, Matthew.

— Et alors ? Je t'aime toujours, c'est ce qui compte, pas vrai ? J'ai le sentiment que cet amour est encore plus fort qu'avant. C'est une sensation extraordinaire.

Les autres clients du restaurant continuaient à les épier de manière discrète. Malgré cela, il poursuivit :

— Ça devrait te réjouir, non ? À moins que tu n'en pinces encore pour le beau Winter ? Allez, dis-le, je suis prêt à l'entendre.

— Pas ici, Matthew. Ce n'est pas le moment.

— Où et quand, alors ?

Sydney n'avait pas l'intention d'en discuter davantage. Elle se leva sans avoir terminé son repas et prit la direction de la sortie. En passant près de la caisse, elle laissa un billet de vingt dollars sur le comptoir pour régler l'addition, puis arrêta une serveuse afin de lui demander où se trouvait le café Internet le plus près. La jeune fille aux cheveux roux et frisés lui indiqua une adresse dans Newtown Road, à seulement un kilomètre de là.

— Propriété de mon cousin, Paul Weber, spécifia-t-elle avec un petit rire nerveux. Paul Weber, le café du Web, vous saisissez ? Ils organisent surtout des compétitions de jeux en réseau là-bas, mais quelques bécanes sont disponibles pour les clients.

Sydney la remercia, puis quitta le restaurant.

Matthew ne tarda pas à la rejoindre à l'extérieur.

— Mais qu'est-ce qui te prend ? lui demanda-t-il en la retenant par le bras.

— Lâche-moi, tu me fais mal !

Il la libéra sur-le-champ.

— Pardonne-moi, dit-il avec une parfaite sincérité. Ma... ma force n'est plus la même... Je ne le réalise pas encore tout à fait, mais... enfin, disons que je n'ai plus le même contrôle.

— C'est pourquoi il te faut du Serexène, affirma Sydney. Et le plus tôt sera le mieux. Mais avant, tu dois me conduire chez Paul Weber.

— Chez qui?

— Paul Weber, le café du Web, tu saisis? dit-elle, reprenant les paroles de la serveuse.

— Ça existe encore, ce genre d'endroit?

— Apparemment.

— Cette idée de message, tu n'en démords pas, hein? Tu te fous réellement de mon avis.

Sydney haussa les épaules.

— Je ne rejette aucune option.

Winter et Misha

Après leur discussion dans la salle à manger, Duncan était descendu au sous-sol en compagnie de Winter pour aider ce dernier à se débarrasser enfin des bracelets de ses menottes. Ils trouvèrent au-dessus de l'établi une cisaille à métaux qui s'avéra fort efficace. Tous ces outils appartenaient à l'ancien propriétaire, un prédateur sexuel récidiviste qui avait été découvert étranglé dans sa cour arrière, deux semaines à peine avant que Terry Bateman, alias Winter Craine, ne dépose une offre d'achat sur sa maison.

De retour au rez-de-chaussée, Winter trouva mademoiselle Fox devant son ordinateur portable. Elle confirma à son patron qu'elle avait créé des profils identiques sur chacun des réseaux sociaux à la mode, en prenant soin de suivre ses instructions à la lettre.

— Vous avez des nouvelles d'Archie ?

— Non, monsieur.

— Qui c'est, cet Archie ? demanda Duncan.

— Archibald A., un de mes informateurs, répondit laconiquement Winter.

Ensuite, il leur ordonna à tous d'aller dormir, ce qu'ils firent pendant quelques heures. À dix heures trente précise, Winter s'éveilla pour jouer avec sa fille, qui avait ouvert l'œil bien avant eux. Il la trouva au salon en compagnie de mademoiselle Fox, dont il prit la relève. Avant qu'elle ne quitte la pièce, Winter sortit un bout de papier de sa poche et le tendit à son assistante.

— Vous pourriez faire quelques recherches pour moi ?

— Bien sûr, monsieur.

La petite ayant déjà mangé, le père et la fille s'amusèrent toute la matinée à construire de hautes tours avec des blocs en plastique. C'était plutôt Winter qui s'efforçait de les ériger, pendant que Fiona prenait un malin plaisir à les faire s'effondrer.

Deux heures plus tard, lorsque Misha se leva à son tour, Winter demanda à s'entretenir avec elle en privé. Après avoir confié Fiona aux bons soins de mademoiselle Fox, ils montèrent tous deux à l'étage. Là-haut, Winter invita sa compagne à passer dans une petite pièce qui servait de bureau. Ils s'installèrent l'un en face de l'autre dans de vieux fauteuils en tissu rayé.

— Qu'est-ce qui ne va pas ? demanda Misha.

Winter l'observa en silence pendant quelques secondes. Elle eut la désagréable impression qu'il l'étudiait.

— Tu souhaites encore me parler de Fiona ?

— Tu peux tout me dire, déclara enfin Winter.

— Te dire quoi ?

Winter prit une profonde inspiration, puis la questionna au sujet de ses liens avec le SRS.

—J'ai travaillé pour eux, oui, avoua Misha. Ils m'ont recrutée, exactement comme ils ont recruté des centaines de vilains.

—Pourquoi m'avoir dit que tu étais une "libératrice" ?

—Parce que je le suis devenue après t'avoir rencontré.

—Tu disais vouloir affranchir les vilains avant que le projet Psycho Land ne se concrétise. Combien d'autres vilains as-tu libérés, Misha ?

La jeune femme ne répondit pas.

—Combien ? insista-t-il.

—Il n'y a que toi.

Il y eut un nouveau silence. Winter continuait de la dévisager.

—Pourquoi m'as-tu menti ?

—Parce que je craignais que tu ne me fasses pas confiance. Depuis longtemps, je souhaitais quitter le SRS et j'avais besoin d'un partenaire. Quelqu'un de fort et de brillant.

—Pour te protéger, c'est ça ?

Misha ne réfuta pas l'affirmation, pas plus qu'elle ne la confirma.

—Il vaut mieux être deux lorsqu'on est pourchassé par le service, dit-elle simplement.

—Et Crow, c'était ton patron ?

—Il était le patron de tous les vilains qui se sont joints au SRS. Mais j'ignorais que c'était un Premier, je te l'ai déjà dit, tout comme j'ignorais que Joshua Troy en était un aussi.

—Et Lighthouse ? fit Winter. Tu savais pour lui ?

— Comment aurais-je pu ?

— Pourquoi n'as-tu rien fait ?

À son air, il était clair que Misha ne comprenait pas le sens de la question.

— À Baltimore, tu étais bien garée devant l'édifice à logements, non ? Pendant que Duncan et moi étions à l'intérieur avec Crow.

— Oui… enfin, tu m'avais demandé d'aller chercher la voiture, c'est ce que j'ai fait…

— Tu étais là quand Flint et Lighthouse sont arrivés ?

— Oui, j'attendais dans la voiture.

— Pourquoi ne m'as-tu pas prévenu ?

— De quelle façon ? Tu n'as pas de portable ! Et puis, je croyais que Lighthouse était notre allié…

Misha montrait des signes manifestes d'exaspération.

— Eh bien, tu t'es trompée, rétorqua Winter.

— C'est évident. Et toi aussi, ne l'oublie pas. Ce n'est pas moi qui ai voulu m'associer au Coronet, si je me souviens bien.

— Non, mais tu as profité du fric qu'ils me filaient, par contre.

— Où veux-tu en venir, Winter ? C'est encore à propos de Fiona ? Tu crois que c'est moi qui ai parlé ? Et à qui ? À Lighthouse ?

— Précisément.

Misha porta ses mains à ses tempes et les massa vigoureusement, en espérant contrer la migraine qu'elle sentait venir. Depuis la naissance de la petite, Winter lui martelait inlassablement le même discours.

— Tu penses que j'aurais agi ainsi parce que je n'aime pas Fiona ? Parce que, murée dans mon vil égoïsme, je souhaite t'avoir pour moi toute seule ?

Désolée de te décevoir, Winter, mais notre relation n'a rien de sentimental. Si nous sommes ensemble, toi et moi, c'est uniquement pour une question de commodité, et tu le sais très bien. Cette enfant que tu m'as obligée à concevoir dans le seul but de m'attendrir, eh bien je ne l'aime pas, c'est vrai, mais je ne lui souhaite aucun mal.

Winter opina de la tête. Il prit ensuite un morceau de papier dans la poche de sa chemise et le donna à Misha. La jeune femme lut le nom qui y était inscrit, puis le répéta à haute voix :

— Deborah Peterson... Qui est-ce ?

— Deborah faisait partie des dix femmes qui ont servi de cobayes à Edward Janssen lors de ses premiers essais sur le Patecal.

Winter observa la réaction de sa vis-à-vis. Rien.

— Elle est l'une des trois femmes qui ont accouché d'un Premier.

— Ah oui ?... Lequel ?

Misha regretta tout de suite sa question, ou plutôt le ton sur lequel elle l'avait posée ; ça sonnait terriblement faux.

— Peter Lighthouse. Seulement, tu vois, Peter Lighthouse n'est pas son véritable nom.

— Je sais, fit Misha, tu m'as dit qu'il s'appelait Mason.

— Oui, Mason, en effet.

Winter fit une pause, puis reprit :

— Ce matin, j'ai demandé à mademoiselle Fox de faire quelques petites recherches pour moi. Sais-tu ce qu'elle a découvert en consultant les archives de mes enquêtes ?

— Non, mais je sens que tu vas me le dire.

Misha se montrait de plus en plus nerveuse.

— Elle a découvert que Deborah Peterson et son mari habitaient New Haven, ici même dans le Connecticut.

— Je connais New Haven… dit-elle sur un ton hésitant.

En avouant cela, elle eut le sentiment de s'inculper.

— Alors tu sais que c'est une ville côtière. Ce que tu ignores peut-être, c'est qu'il y a déjà eu là-bas un phare pour guider les marins durant la nuit. Un *lighthouse*, comme on dit en anglais.

Misha avait l'habitude de jouer la comédie et parvenait très bien à cacher son trouble. Mais en elle-même, tout se jouait différemment. « Non, se dit-elle, il ne peut pas savoir, c'est impossible. » Elle s'en voulait d'avoir sous-estimé l'intelligence et la perspicacité de Winter. « Quelle idiote tu fais, ma vieille », se reprocha-t-elle. N'était-ce pas pour ces qualités qu'elle avait fait de lui son compagnon ?

— Mademoiselle Fox a poussé ses recherches un peu plus loin, continua Winter. Selon elle, ce phare n'existe plus, il a été remplacé en 1933 par un projecteur automatique. À l'époque où il tenait encore debout, on l'appelait officiellement le New Haven Light. Mais les habitants de la ville lui donnaient un autre nom, Sperry Light, en l'honneur de Nehemiah Day Sperry, le représentant du Congrès à qui l'on devait le développement du port. Ce qui est fascinant, c'est que ce représentant républicain est aussi l'ancêtre du mari de Deborah Peterson, un certain William Henry Sperry.

— Sperry… répéta Misha.

Ses pires craintes s'étaient réalisées. Winter avait découvert son secret.

— Cet homme, W. H. Sperry, ainsi que tous les détails le concernant ont été effacés de mes dossiers, précisa Winter. Je me demande bien par qui. Il est le père de Peter Lighthouse, dont le véritable nom est Mason Sperry.

— Écoute, Winter…

Le jeune homme leva rapidement son index pour l'interrompre, puis secoua la tête d'un air impérieux. Il n'avait pas terminé.

— Sperry, comme l'ancien phare de New Haven, Sperry Light. Pas étonnant que Mason ait changé son nom pour Lighthouse. Et son faux prénom, Peter, est évidemment inspiré du nom de famille de sa mère, Peterson. Mais ce qui est encore plus intéressant, Misha, c'est que Mason porte le même nom de famille que toi. Étrange coïncidence, tu ne trouves pas ?

— Je peux tout t'expliquer.

— À moins que ses parents ne soient également… les tiens ?

Elle était démasquée. Il était inutile de nier ou même de résister, Winter avait déjà prononcé le verdict, et sans doute la sentence suivrait-elle sous peu.

— J'ai toujours cru qu'il n'y avait que trois Premiers, observa calmement Winter. Et aujourd'hui, j'ai découvert qu'il y en avait quatre.

Sydney et Matthew

Matthew se chargea de payer à l'avance les minutes d'utilisation, pendant que Sydney s'installait devant l'ordinateur. Lorsque Matthew revint avec le code d'activation, elle se hâta de le taper sur le clavier. Rapidement, Sydney ouvrit le logiciel de navigation et entra Me, Myself & You dans l'outil de recherche. On exigeait une adresse électronique pour l'ouverture d'un compte. Elle alla donc sur un autre site et créa une adresse de courriel anonyme, qu'elle utilisa ensuite pour confirmer son profil MMY. Elle termina l'exercice en choisissant le pseudonyme OperaHouse22 – en référence à l'Opéra de Sydney, en Australie –, puis entama ses recherches.

Elle commença par vérifier s'il y avait une inscription au nom d'Ashley Fisher. Il y en avait trois, mais après avoir examiné attentivement chacun des profils, elle réalisa qu'aucun ne correspondait à sa sœur. Elle utilisa ensuite le terme «dissidente», mais ne trouva pas une seule concordance. Le second prénom de sa sœur était Martha. Encore une fois, plusieurs résultats, mais rien de probant.

— C'est comme chercher une aiguille dans une botte de foin, observa-t-elle à voix haute.

— Je t'avais prévenue, rétorqua Matthew, qui assistait à sa débâcle sans lui adresser le moindre encouragement.

Elle tapa le nom de son père, mais aucun des Harry Fisher qui apparurent à l'écran n'avait de lien avec Ashley. Elle essaya les divers surnoms que sa sœur avait portés au cours des années, tels que Ash, Ashlie, Ashley Crüe ou Silver Rash. Aucun résultat de ce côté non plus. Elle éplucha ensuite la liste de ses artistes musicaux préférés : Dead Even More, Strange Boutique, Play Dead et Ghost Dance, des groupes gothiques underground pour la plupart.

Toujours rien.

— Ta sœur n'est pas du genre à se balader sur les réseaux sociaux, lui fit remarquer Matthew pour la énième fois.

Mais Sydney refusait de se laisser abattre. Elle poursuivit ses recherches pendant encore une vingtaine de minutes, en faisant se succéder des noms d'acteurs marginaux et de révolutionnaires célèbres ; tout ce qui pouvait ressembler de près ou de loin à Ashley.

Matthew commençait à s'impatienter.

— C'est peine perdue, dit-il. Tu ne crois pas que si elle y était, elle se serait débrouillée pour que tu la retrouves facilement ? Allez, on s'en va.

— On a payé pour une heure, je reste une heure, répliqua Sydney. Si je ne trouve rien, je laisserai un message sur mon propre profil. Elle sait que nous avons été conçues lors d'un voyage en Australie, dans une maisonnette du Ashley Gardens, à Melbourne. C'est d'ailleurs pour cette raison que ma sœur porte le nom d'Ashley. S'ils m'ont nommée Sydney, c'est à cause de la capitale, mais surtout de son opéra, que ma mère affectionnait particulièrement. Elle connaissait toute l'histoire de ce bâtiment, de sa construction en 1959 jusqu'à ce qu'il soit classé patrimoine mondial en… 2007.

Sydney s'arrêta. Sa mère était morte cette année-là, dans un accident de voiture. Ce souvenir demeurait atrocement douloureux, même après tout ce temps. Ses parents lui manquaient. Comme elle aurait aimé les avoir auprès d'elle en ce moment. Il aurait été réconfortant de leur parler, de leur demander conseil.

— Non, mais quelle entêtée tu fais ! lui reprocha Matthew. J'en ai assez, je vais t'attendre dans la fourgonnette. Je t'accorde encore trente minutes, pas davantage.

Sydney ne répondit pas. Elle le laissa quitter le café sans une parole pour le retenir.

Elle fit ensuite une recherche avec les noms Ashley Gardens, puis Ashley Gardner, mais sans succès. Elle retourna à la page affichant son profil et s'apprêtait à écrire un message destiné à sa sœur lorsqu'elle pensa à Winter. S'il était au courant de ce qui s'était passé la nuit précédente – ce qui était fort probable, étant donné ses liens avec le Coronet –, peut-être cherchait-il à les joindre ?

Évidemment, elle ne trouva rien sous Winter Craine ni sous Winston Terrance Craine, sinon les pages d'imposteurs utilisant l'identité du Psycho Boy comme pseudonyme. Winter n'était pas idiot, il avait dû choisir un autre nom. Quelque chose de plus subtil, qui les unissait, qu'ils avaient en commun. Elle songea à Fairy Lake, mais rejeta tout de suite cette idée ; Winter était trop prudent pour recourir à un nom aussi évocateur. Elle entra les mots « printemps », « vilain », « boule à neige », « citation », « poète », en fait tout ce qui lui faisait penser à Winter. Elle hésita brièvement à inscrire le mot « hiver », mais s'y résolut tout de même. En vain ; aucun de ces termes ne fournit de résultats satisfaisants.

Puis il lui vint une idée : Damien Rice.

Rice était un chanteur irlandais qu'ils écoutaient jadis ensemble ; ils aimaient la beauté et la profondeur de ses mélodies. La veille de son quatorzième anniversaire, ils s'étaient retrouvés dans la chambre de Winter, à Fairy Lake, et avaient écouté ensemble son album, *O*. C'était d'ailleurs durant cette soirée que Winter lui avait donné la boule à neige. Elle ignorait à ce moment-là que ces instants magiques seraient les derniers qu'elle passerait en compagnie de son amoureux. Le lendemain, il lui brisait le cœur et quittait la ville en compagnie de Misha, une autre prédatrice.

Lentement, en appuyant avec précaution sur chacune des touches correspondantes du clavier, elle tapa le nom de Damien Rice, puis lança la recherche. Une dizaine de Damien Rice défilèrent à l'écran. Le cœur de Sydney s'arrêta lorsqu'elle aperçut le dernier nom sur la liste : Damien W. Rice. Elle cliqua sur le lien et attendit que s'affiche la page de l'utilisateur. Une seconde plus tard, elle constata que celle-ci était pratiquement vide : aucune photo, aucun événement marquant, aucun cercle d'amis. Damien W. Rice avait aussi négligé de remplir la section des renseignements personnels. On ne savait rien de lui, à part qu'il n'avait ouvert son compte que très récemment. Depuis à peine quelques heures, en fait, selon son unique message : un indice supplémentaire qui soutenait la thèse de Sydney, à savoir qu'il s'agissait bien de Winter. Le message, laissé le matin même à six heures trente précises le lui confirma : « L'hiver s'achève et je rêve d'un printemps. »

Sydney ne put s'empêcher de sourire. Winter était bien là, quelque part, et il la cherchait. Elle lui avait reproché quantité de choses par le passé, entre autres de l'avoir abandonnée pour suivre cette Misha, alors que tous deux partageaient un amour sans égal. Sans doute l'avait-il fait pour combler un besoin de liberté. Reste que Sydney ne le lui avait jamais réellement pardonné.

Malgré cela, elle se réjouissait à l'idée de le revoir, au point de ressentir une certaine culpabilité envers Matthew. Mais pourquoi cette hâte et cette fébrilité soudaines ? Parce qu'elle n'avait jamais pu oublier Winter, voilà pourquoi. Bien qu'elle n'osât pas se l'avouer, elle éprouvait toujours pour lui un ardent désir. Le même désir qui avait été à l'origine de leur relation passionnée d'autrefois. Sa poitrine se serrait à la seule pensée de le toucher, de l'embrasser. À la fois troublée et fiévreuse, Sydney eut recours à ce qu'elle croyait être l'unique remède dans ce cas : elle tenta de se convaincre qu'elle aimait Matthew et non Winter, manège qu'elle avait répété à de multiples reprises durant la dernière année. « Et puis, se dit-elle, peut-on vraiment aimer quelqu'un dont on se méfie ? »

Bien sûr que oui, répondit une petite voix à l'intérieur d'elle-même. Une petite voix qu'elle s'empressa de faire taire.

Elle aurait tout le temps de repenser à cela plus tard. Pour l'instant, elle devait répondre à Winter. Il en allait peut-être de sa survie, ainsi que de celle de Matthew. Pour ce faire, elle changea son pseudonyme OperaHouse22 pour Eskimo. De cette façon, Winter saurait de qui provenait la réponse. « L'hiver s'achève et je rêve d'un printemps », avait écrit Winter. Sydney réfléchit un moment, puis ajouta le commentaire suivant sous son message : « Autant que les fées et les étoiles. » Elle le relut une dernière fois avant d'appuyer sur la touche retour. À son avis, cette simple phrase suffirait à renseigner Winter sur leurs projets.

Le minuteur sur l'écran de l'ordinateur indiquait qu'il ne lui restait que quatre minutes vingt secondes d'utilisation. Sydney se demanda alors si elle devait employer ce temps pour laisser aussi un message à sa sœur, mais jugea finalement que c'était inutile. Matthew avait raison : Ashley était plutôt du genre à dénoncer l'emploi des réseaux sociaux et non à l'encourager. Sydney se déconnecta donc du site Me, Myself & You, puis ferma le logiciel de navigation Internet.

Elle salua l'homme chauve et obèse avachi derrière le comptoir – sans doute Paul Weber, cafetier du Web –, puis sortit du commerce. Elle retrouva Matthew dans la fourgonnette, qui lui demanda si elle était enfin tombée sur quelque chose d'intéressant. Elle songea à lui parler de Winter, mais se ravisa. Dans son état, il était préférable de lui épargner un tel aveu.

Mais était-ce la véritable raison de son silence ? Avait-elle réellement peur de mettre Matthew en colère ? Ou craignait-elle, surtout, qu'il change d'avis et renonce à les conduire à Fairy Lake ? Elle n'aurait alors d'autre choix que de se séparer de lui, car tout indiquait que sa seule chance de salut se trouvait là-bas.

« Winter, pourvu que tu lises mon message à temps », pensa-t-elle.

— Tu iras voir ta mère ?

Plutôt que de répondre, Matthew lui jeta un regard sévère où se mêlaient méfiance et incertitude. Ce regard, Sydney ne le reconnaissait plus. Il s'était assombri.

Le jeune homme fit démarrer le véhicule et reprit la route. Plus loin, dans Newtown Road, existait une voie de raccordement qui leur permettrait d'emprunter la 84 en direction de Waterbury. De là, il prendrait vers le nord pour ne s'arrêter qu'à Fairy Lake. Un trajet de plus ou moins quarante-cinq minutes, selon les calculs de Sydney.

— Tu ne souhaites pas la revoir ? insista-t-elle.

Matthew soupira pour exprimer son impatience.

— Retourner à Fairy Lake est déjà suffisamment risqué, tu ne trouves pas ? Inutile de se jeter en plus dans la gueule du loup. Je te parie qu'en ce moment même, des agents du SRS surveillent la maison de ma mère, dans l'attente de nous y cueillir.

— Ils ne savent peut-être pas encore, supposa Sydney.

— Tu peux être certaine qu'Andrews les a prévenus de notre fuite dès qu'il a repris connaissance. J'aurais dû le tuer, ce salaud.

— Non, Matthew, tu as bien fait. Ce n'est pas toi, tu n'es pas un tueur.

— Tu insinues que je suis un faible ?

Son ton aigre incita Sydney à se montrer prudente. Elle avait l'impression qu'il pouvait exploser à tout moment.

— Ce n'est pas ce que j'ai dit, bien au contraire, se défendit-elle.

Elle vit que Matthew serrait avec force le volant du véhicule, de toute évidence pour réprimer cette rage latente qui l'habitait depuis leur départ du café Internet.

— Je n'arrive pas à la cheville du grand Winter, c'est ça, hein ? Eh bien, tu te trompes, Sydney. Je suis un tueur, moi aussi, et j'aurai bientôt l'occasion de te le prouver !

S'agissait-il d'une menace voilée ? Avait-il l'intention de s'en prendre à elle pour lui prouver qu'il disait vrai ? Non, c'était ridicule. Matthew l'aimait, elle en était persuadée. Il ne lui ferait aucun mal. Mais peut-être ressentait-il le besoin d'en faire à quelqu'un d'autre ? Il contrôlait de moins en moins ses pulsions de Psycho Boy. Il n'était donc pas étonnant que ses instincts violents prennent petit à petit le dessus sur son libre arbitre. Bientôt, l'urgence de tuer serait impossible à contenir. Allait-il s'attaquer au premier venu ? À moins qu'il ne se mesure à Winter lorsqu'il le reverrait ? En tant qu'amoureux jaloux, lui proposerait-il un duel pour déterminer qui méritait le cœur de Sydney ?

— Tu n'as rien à prouver. Ni à toi-même, ni à moi…, ni à Winter.

— Tu ne comprends pas! cracha Matthew. J'ai tout à prouver, au contraire. Je suis un meilleur homme que Winter, mais ça, tu ne le sais pas. Tu ne l'as jamais su!

Sydney préféra ne rien dire. Elle jugeait plus judicieux de se taire. Il ne servait à rien de l'énerver davantage. Ses mots risqueraient de l'entraîner encore plus profondément dans son abîme. Ce qui importait maintenant était de se rendre à Fairy Lake et de lui procurer du Serexène le plus rapidement possible, avant qu'il ne s'enfonce davantage dans sa psychopathie. La vie de plusieurs personnes – ses futures victimes potentielles – en dépendait.

«Je suis un tueur, moi aussi», avait soutenu Matthew. Il l'avait affirmé avec une telle conviction qu'il était impossible pour Sydney de mettre ses paroles en doute. Jamais elle n'aurait pu soupçonner que ses compulsions de prédateur s'éveilleraient aussi tôt. «Il est rare que les tueurs en série s'attaquent à leurs proches», se dit-elle pour se rassurer. Bientôt, elle le savait, ce genre de réflexion ne suffirait plus à la réconforter.

Winter et Misha

—Tu te trompes, Winter, répliqua Misha. Je ne suis pas une Première.

—Tu as menti sur ton âge, pas vrai ?

L'air serein qu'affichait Winter n'était qu'une façade, Misha le savait. C'était toujours à ce moment, lorsqu'il ruminait sa colère sous des traits détendus, qu'il était le plus dangereux.

—Tu n'as pas dix-neuf ans, déclara-t-il, mais bien vingt-cinq, comme les trois autres Premiers...

Misha baissa la tête devant son regard accusateur.

—Je ne t'ai pas menti, Winter. J'ai dix-neuf ans, tout comme toi. Et Mason n'en a pas vingt-cinq, mais trente. Il est né cinq ans avant les deux autres Premiers.

La jeune femme sentait l'angoisse l'envahir. Plus rien ne pouvait retarder la migraine à présent. La gorge nouée, le cœur battant, elle serrait les lèvres et les poings pour se donner une contenance. Jamais elle n'avait éprouvé une telle sensation auparavant. Si c'était là un exemple de ce que ressentaient les gens normaux, alors elle ne pouvait avoir que de la pitié pour eux.

— Ma mère est bien l'une des dix femmes sur qui le médicament a été testé, poursuivit-elle. Ce qui n'est pas précisé dans les dossiers, c'est qu'elle a été le tout premier cobaye, cinq ans avant les autres. Mason est plus âgé que moi, Winter. C'est mon grand frère. Ma mère a eu deux enfants grâce à Nascera Pharma et au Patecal. Il y a tout d'abord eu Mason... puis moi, onze ans plus tard.

— Hein ? Attends. Tu veux dire que ta mère a été assez folle pour recourir deux fois à ce foutu médicament ?

— Elle voulait une grande famille.

— T'es pas sérieuse, là.

— Comme elle avait donné naissance au premier enfant de la génération Patecal et que celui-ci était particulièrement doué, les gens de Nascera Pharma lui ont offert une importante somme d'argent pour répéter l'expérience.

— Ils espéraient que son deuxième rejeton soit aussi puissant que le premier... Et c'est le cas ?

— Non. Je ne suis pas différente de toi ou des autres Psychos de notre génération, affirma Misha, ce qui n'a pas manqué de décevoir Edward Janssen et les autres membres de son équipe.

Elle fit une pause, puis continua :

— Nous n'avons pas grandi ensemble, Mason et moi. Mon père, William Sperry, travaillait pour Nascera Pharma. Quand j'ai eu huit ans, ses patrons ont constaté que je ne disposais pas des mêmes attributs exceptionnels que les trois autres Premiers. Je n'avais pas leur force ni leur agilité, qui dépassent de beaucoup celles des Psychos ordinaires. Ils ont accepté de m'envoyer vivre chez mon père à New Haven, à condition que je leur sois remise le jour de mon dix-huitième anniversaire. Les dirigeants du SRS préféraient s'occuper eux-mêmes de l'éducation des trois Premiers, dans un lieu qu'ils gardaient secret. Même Edward Janssen était tenu dans l'ignorance.

— Ça, je sais, lui révéla Winter en se rappelant ce qu'Edward Janssen, le beau-père d'Abigail Turner, lui avait dit avant de mourir : "Les Premiers sont morts. Ils n'ont pas survécu."

— Très tôt, les hommes du SRS ont prétendu que Mason était le plus puissant des Premiers, sans doute parce que notre mère avait reçu la dose de Patecal la plus importante.

Misha s'interrompit de nouveau pour remettre de l'ordre dans ses idées, puis ajouta :

— Quand tu m'as présenté Lighthouse la première fois, je l'ai tout de suite reconnu, même si je ne l'avais pas vu depuis plusieurs années. Mason aussi m'a reconnue. Il m'a fait venir chez lui un soir pour m'expliquer qu'il était du bon côté dorénavant. Pourquoi ne l'aurais-je pas cru ? Il était marshal et responsable du Coronet. Personne à part moi ne savait qu'il était un Psycho Boy et un Premier. En sa qualité de marshal, il avait régulièrement accès à des stocks de Serexène. Il m'a assuré qu'il en prenait une dose tous les jours, exactement comme les autres vilains répertoriés.

Winter demeurait de glace.

— Lighthouse ne mentait pas quand il affirmait avoir une nièce, déclara Misha au bout d'un moment.

— C'est ce qui m'a incité à creuser davantage, admit Winter. Et je n'ai pas aimé ce que j'ai trouvé.

Pourquoi lui as-tu parlé de Fiona? Et pourquoi lui avoir dit qu'elle était une Junker?

— Parce que j'étais certaine qu'il la protégerait s'il nous arrivait quelque chose. Ce n'est pas ce que tu aurais aimé? Que quelqu'un du Coronet se charge de ta fille advenant notre mort à tous les deux? Je l'ai fait pour toi.

— De *ma* fille? fit-il froidement. *Notre* fille, Misha.

— Oui… c'est vrai, pardonne-moi.

— Visiblement, Hansen et Mason n'ont pas cru que Fiona était une Junker, dit Winter, puisqu'ils affirment qu'elle sera un jour comme eux.

— J'ai pourtant dit à Lighthouse…

Elle s'arrêta, puis se reprit:

— … à Mason que j'avais eu des jumelles, mais que l'une d'entre elles était morte à la naissance.

Un lourd silence s'installa entre eux. Ils s'évaluèrent pendant quelques secondes, cherchant à deviner ce que l'autre pensait, puis Winter demanda:

— Pourquoi tu ne m'as rien dit, Misha?

— Parce que j'avais peur que tu nous élimines, mon frère et moi. Après ta rencontre avec Joshua Troy, tu n'aurais pas fait la différence. Et il y avait Fiona… Tu étais prêt à tout pour elle. Je ne voulais pas que tu t'en prennes à Mason, parce que je le pensais bon… jusqu'à aujourd'hui.

Nouveau silence.

— Je ne te croyais pas si naïve, Misha.

— Pourquoi suis-je toujours là, alors? Pourquoi ne m'as-tu pas tuée dès l'instant où tu as compris que c'était moi qui avais parlé de Fiona à Mason?

Winter ne répondit pas.

— Parce que tu espères te servir de moi, n'est-ce pas ? déduisit-elle. Tu veux que je mette Mason sur une fausse piste ?

— C'est ce que j'avais prévu, mais il est trop tard pour ça maintenant. Il ne te croira pas. Quoi qu'il arrive, il se rendra à Fairy Lake. Tout comme moi. Avec un peu de chance, j'arriverai à le débusquer et à le tuer.

— Laisse-moi t'accompagner, le supplia Misha.

— Pas question, répondit-il en se levant de son fauteuil. Tu pars aussi, mais pour un autre endroit.

— Où m'envoies-tu ?

— Peu importe. Pourvu que ce soit loin de moi et de Fiona.

— Non, Winter, tu ne peux pas me faire ça…

Le jeune homme se dirigea vers la porte du bureau.

— Je vais retrouver Sydney, annonça-t-il. Je l'aime et je compte bien le lui dire. C'est avec elle que je souhaite partager ma vie, et personne d'autre.

«On se reverra?» lui avait demandé Sydney lors de leur dernier entretien, il y avait plus d'un an. Winter lui avait caressé la joue, puis avait répondu : «Pour ton propre salut, il vaut mieux que non.» Il aurait tant voulu l'embrasser à ce moment, mais il s'était retenu. L'important était de la laisser partir, croyait-il, jugeant qu'elle serait plus en sécurité avec le Coronet qu'avec lui-même. «Regarde où tout ça nous a menés, se dit-il avec le recul. Quel idiot tu fais, Winter. Ton entêtement lui a peut-être coûté la vie!»

Il secoua la tête avec un air de regret.

— J'ai déjà perdu beaucoup trop de temps… murmura-t-il pour lui-même.

— Tu n'es même pas certain qu'elle soit encore vivante! protesta Misha.

Il s'arrêta avant de franchir le seuil de la porte.

— Elle l'est. Et tu sais pourquoi j'en suis sûr? Parce que je sens son amour. Si elle était morte, je ne serais plus le même.

Du moins, c'était ce qu'il ne cessait de se répéter. Il n'en était pas aussi convaincu qu'il le laissait paraître. Mais pour lui, admettre la mort de Sydney était inconcevable. Il reléguait cette idée aux oubliettes chaque fois qu'elle germait dans son esprit.

— Et que fais-tu de Matthew?

— J'aime bien Matthew. Mais il n'est qu'une distraction pour Sydney. Elle n'a jamais aimé qu'une seule personne.

— Et cette personne, c'est toi, je suppose?

Winter sourit sans regarder Misha. Un sourire honnête et radieux, fruit de cette nouvelle sensation de bien-être qui l'envahissait à la seule pensée de Sydney. Il avait compris quelque chose d'essentiel. Quelque chose qu'il n'avait pas vu jusque-là, ou qu'il avait refusé de voir.

— Tu ne sauras jamais ce que c'est d'aimer quelqu'un, dit-il à Misha. De savoir que tu l'aimeras toujours, envers et contre tout. J'ai cette certitude. Et Sydney aussi.

— Tu me parles d'âmes sœurs là, hein? se moqua Misha, consciente qu'elle n'avait plus rien à perdre. Pour que ce soit possible, il faudrait tout d'abord que les vilains aient une âme, ce dont je doute fort.

Winter avait fait son choix. Il ne reviendrait pas sur sa décision. Cela n'avait rien de surprenant; Misha savait que ce jour viendrait tôt ou tard. Winter était tombé sous l'emprise de cette idiote de Junker dès l'instant où il l'avait rencontrée.

— Bien sûr que nous avons une âme, la contredit-il. Il suffit d'aimer pour le réaliser.

— Arrête, par pitié ! s'emporta Misha. Tu me donnes la nausée avec ton discours insipide sur l'amour. Ça ne te ressemble pas ! Dis plutôt que tu as peur de ne plus rien ressentir pour Fiona si Sydney disparaît de ta vie. Ton amour ne suffit plus. Ce n'est pas moi que tu crains, mais toi-même ! Quand tu me regardes, tu vois ce que tu pourrais devenir. Ce que tu *es*, Winter ! se corrigea-t-elle aussitôt.

— Tu as raison, admit-il. Si je perds Sydney, je perds aussi Fiona. Mais ça n'arrivera pas, fais-moi confiance.

— Alors, tu es prêt à sacrifier ta vie pour elle ?

— La mienne… et celle de bien d'autres.

Misha comprit très bien le sous-entendu.

— Je vois…

— Allez, on descend, décréta Winter. Je veux que tu aies quitté la maison avant mon départ pour Fairy Lake.

— Tu ne me fais pas confiance ? dit-elle en abandonnant son fauteuil. Tu sais très bien que je n'ai aucune envie de m'embarrasser de Fiona.

— On n'est jamais trop prudent. Mais sache que si l'envie t'en prenait, je te poursuivrais jusqu'au bout du monde. Non seulement pour te la reprendre, mais aussi pour te tuer. Lentement et avec soin.

— T'en fais pas, le rassura Misha en le précédant dans le couloir. Je sais de quoi tu es capable.

Une fois sortis du bureau, ils descendirent au rez-de-chaussée pour aller rejoindre les autres. Fiona faisait la sieste, tandis que Duncan et mademoiselle Fox étaient attablés à la salle à manger, la dame devant son ordinateur portable et Duncan devant un bol de soupe aux tomates qu'il venait à peine de réchauffer.

— C'est tout ce que j'ai trouvé dans le garde-manger, expliqua-t-il en voyant apparaître Winter et Misha.

— J'avais acheté quelques trucs pour le petit-déjeuner, les informa mademoiselle Fox, mais je retournerai faire les courses cet après-midi.

— Faites livrer, plutôt, lui suggéra Winter.

Misha disparut de la pièce sans leur adresser la parole.

— Où va-t-elle comme ça ? demanda Duncan. Elle n'a pas l'air dans son assiette.

— Elle nous quitte, répondit Winter. C'est mieux ainsi.

— C'est à cause de votre discussion ?

— On en reparlera plus tard.

Winter s'adressa ensuite à son assistante :

— Archibald ?

— Toujours rien, monsieur.

— Prévenez-moi dès qu'il se manifestera. Et pour le reste ?

— Une bonne et une mauvaise nouvelle, dit la femme sans quitter des yeux l'écran de son portable. Selon ce que j'ai pu recenser dans les différents journaux du pays, nous en sommes déjà à cinq victimes. Des jeunes femmes, âgées de dix-neuf et vingt ans.

— Toutes des Junkers ? fit Winter.

Elle acquiesça.

— Les profils m'ont l'air de correspondre. Deux d'entre elles habitaient Wichita, au Kansas. Une autre a été découverte dans un dépotoir de Minneapolis. La quatrième vivait dans la ville de Franklin, une banlieue de Nashville. Et la dernière a été retrouvée dans le South Lido County Park, à Saratosa, en Floride.

— Lighthouse n'a donc pas menti. Les agents du SRS ont bien reçu l'ordre d'éliminer tous les Junkers.

— Sydney ne fait pas partie du groupe, précisa mademoiselle Fox. D'après les descriptions du moins.

Winter parut soulagé.

— Je ne m'attendais pas à ce que la police trouve les corps aussi vite, observa-t-il. Certains agents du SRS ont merdé, il n'y a pas de doute. Espérons que ça occupera Lighthouse pendant un moment.

— Si le gouvernement et ces imbéciles de Ladies & Gentlemen découvrent qui sont réellement ces filles, dit Duncan, ils n'hésiteront pas à devancer l'ouverture de Psycho Land. Et alors, on sera tous dans la merde !

— Et la bonne nouvelle, qu'est-ce que c'est ? demanda Winter.

— Quelqu'un a répondu à votre message sur MMY.

Winter contourna précipitamment la table et alla se placer derrière mademoiselle Fox. Il scruta l'écran de l'ordinateur par-dessus son épaule.

— Regardez ici, indiqua la femme en pointant une zone de texte sur l'écran.

Le message avait été laissé par un certain Eskimo. Winter s'empressa de le lire à haute voix :

— Autant que les fées et les étoiles...

Il se redressa brusquement.

— Bon sang ! s'exclama-t-il avec enthousiasme. Mais c'est elle ! C'est Sydney, j'en suis sûr !

— Et cette allusion aux fées ne ment pas, dit mademoiselle Fox. Fée comme dans "Fairy"…

Winter approuva sans réserve.

— Elle est en route pour Fairy Lake. À moins qu'elle ne s'y trouve déjà ? Et n'oublions pas les étoiles… Elle a parlé d'étoiles aussi. Ça représente sûrement l'insigne étoilé des marshals. Elle me donne donc rendez-vous chez son père.

— Holà, pas si vite ! intervint Duncan. Et si c'était un piège ? Le SRS a très bien pu tomber sur ton profil et y laisser ce message pour t'attirer là-bas.

— Non, c'est impossible, répondit Winter sur un ton assuré. Il n'y a qu'elle qui puisse savoir ça.

— Savoir quoi ?

Winter fixa Duncan droit dans les yeux. Ce dernier n'avait jamais vu un tel regard chez un Psycho Boy. Un regard rempli d'espoir.

— Ce pseudonyme, Eskimo, c'est en fait le titre de la dernière chanson de Damien Rice que Syd et moi avons écoutée ensemble.

Winter fit une pause pour reprendre son souffle, puis ajouta :

— Elle est vivante.

Sydney et Matthew

Ils n'étaient plus qu'à quelques kilomètres de Fairy Lake. Ils n'avaient pas à quitter la route principale, puisque celle-ci traversait le centre de la ville.

— Nous aurions dû échanger la fourgonnette contre un autre véhicule, observa Matthew lorsqu'ils passèrent devant le panneau de bienvenue annonçant le district de la municipalité.

«ICI, TOUS LES VISITEURS ONT LEUR FÉE-MARRAINE!» disait celui-ci.

— Winter y aurait pensé, lui, maugréa-t-il.

— Winter n'est pas parfait, répondit Sydney.

— Si seulement c'était vrai.

Le trajet s'était déroulé en silence. Après son dernier accès de colère, Matthew semblait s'être calmé. En temps normal, il lui aurait fait des excuses pour avoir eu un tel comportement. Mais depuis leur pénible rencontre avec Steve Andrews et Eddy Guzman, il n'y avait plus rien de normal, au grand regret de Sydney.

La station-service à l'entrée de la ville fut le premier bâtiment qu'ils croisèrent. Une cabine vitrée, située à l'écart, abritait un téléphone public. Ce fut à proximité de cet endroit que Matthew immobilisa la fourgonnette.

— Qui veux-tu appeler ? s'enquit Sydney.

— Un ami à moi, répondit-il en ouvrant sa portière. Lewis Strange.

Ce garçon, Sydney le connaissait. Lewis était un vilain répertorié vivant à Fairy Lake. Lui et quelques autres Psycho Boys du Fairy Lake High School s'étaient portés au secours de Matthew et de Sydney le jour où Bobby Castro et sa bande d'intimidateurs s'en étaient pris à eux dans la cour de l'école. Sans l'intervention de Lewis, les choses auraient pu très mal se terminer. Ils lui devaient une fière chandelle.

Après s'être éloigné du véhicule, Matthew poussa les portes battantes de la cabine et s'engouffra à l'intérieur. Sydney le vit saisir le combiné du téléphone et composer un numéro. Il discuta quelques instants avec son interlocuteur, puis raccrocha.

— Lewis a une voiture, l'informa Matthew une fois de retour dans la fourgonnette. Il vient nous chercher. Ça brouillera un peu les pistes. Inutile de leur indiquer chacun de nos arrêts.

— Tu crois que le SRS nous suit à la trace ?

— Ce véhicule est certainement équipé d'un système de repérage GPS. Le problème, c'est que j'ignore où il se trouve.

— Si c'était le cas, lui fit remarquer Sydney, ils nous auraient interceptés bien avant, non ?

Matthew secoua la tête.

— Pas si nous allons là où ils veulent nous attirer. Nous rendre à Fairy Lake était une mauvaise idée, je te l'ai dit, car c'est exactement ce qu'ils attendent de nous.

Matthew sortit de sa poche le téléphone portable de Guzman. Sa nouvelle force accrue de Psycho Boy lui permit de fracasser aisément l'appareil.

— Ils peuvent nous retrouver avec ça aussi ? demanda Sydney.

Il acquiesça, puis se débarrassa des débris en les jetant sur le siège arrière.

— Et que fais-tu de celui d'Andrews ?

Matthew tira le second portable de sa poche. Plutôt que de le réduire en miettes comme il l'avait fait avec celui de Guzman, il le retourna puis retira la pile.

— Ça devrait suffire à interrompre le signal, expliqua-t-il. Ce téléphone contient le numéro de Lighthouse. On ne sait jamais, ça pourrait nous servir.

— Nous servir à quoi ?

— À implorer sa pitié, peut-être.

Quelques minutes plus tard, Lewis Strange arriva au volant d'une Volkswagen Jetta de couleur grise. Matthew et Sydney prirent quelques bagages et allèrent à sa rencontre.

— Heureux de te revoir, Craine, dit Lewis en lui serrant la main. S'il n'y avait pas eu ta mère, on t'aurait cru mort depuis longtemps.

— Elle t'a parlé de moi ?

— Après ta disparition, quelques-uns d'entre nous sont allés aux nouvelles, répondit Lewis en faisant allusion aux autres vilains répertoriés de Fairy Lake. Eh ouais, on s'inquiétait pour toi, ajouta-t-il avec un clin d'œil ironique.

Les Psycho Boys étaient réputés pour bien des choses, mais certainement pas pour se faire du souci.

Lewis poursuivit :

— Ta mère nous a confié que ton cousin Winter lui avait téléphoné, peu après ton départ, pour lui dire que tu allais bien, mais aussi pour lui annoncer que tu ne reviendrais plus jamais par ici.

— Il s'est trompé apparemment, dit Matthew en lançant un regard accusateur à Sydney.

Lewis perçut l'embarras de la jeune femme et choisit ce moment-là pour la saluer, en espérant que son geste servirait à dissiper la tension qui semblait régner entre elle et Matthew.

— Et toi, Sydney, comment vas-tu ?

— Bien... fit-elle sans grande conviction. Je vais bien.

Elle semblait nerveuse et inquiète.

— Tu en es certaine ?

— Oui, tout à fait, répondit Sydney, avec davantage d'assurance cette fois. C'est simplement que le voyage a été long, tu vois. Nous n'avons pas dormi... et je suis fatiguée.

Lewis sourit.

— Je comprends, t'en fais pas. Alors, on y va ? proposa-t-il en désignant sa voiture.

Matthew déposa leurs affaires dans le coffre, puis monta à l'avant, aux côtés de Lewis. Sydney avait déjà pris place à l'arrière du véhicule.

— On va chez ta mère ? demanda Lewis en se tournant vers Matthew.

Sydney ne laissa pas le temps à son compagnon de répondre.

— Crois-tu qu'on pourrait tout d'abord passer chez mon père ?

Le plus urgent, pour l'instant, était de vérifier si les réserves de Serexène ayant appartenu à Harry s'y trouvaient toujours.

La requête parut surprendre Lewis.

— Tu n'es pas au courant?

— Au courant de quoi?

Lewis jeta un bref coup d'œil en direction de Matthew, puis revint à Sydney.

— Désolé, je croyais que tu savais. Mais comment aurais-tu pu?

— Dis-moi, Lewis, le pressa-t-elle.

Il acquiesça.

— Votre maison a été incendiée. Il y a une semaine environ.

— Incendiée?

— Elle avait été rachetée par un couple de sexagénaires. Au début de l'année, si je me souviens bien. On ne sait pas ce qui s'est passé. Les flics et l'inspecteur des pompiers prétendent que c'est un incendie criminel, mais ils n'ont pas trouvé le coupable. Madame et monsieur Hudson, les nouveaux propriétaires, ont péri dans les flammes. Il ne reste plus rien de la maison. Les services municipaux ont fini de tout raser hier.

Sydney se cala dans son siège, incapable d'articuler la moindre parole.

— Tu dis qu'ils n'ont arrêté personne? demanda Matthew.

— Ils ont très peu d'indices, je crois.

— Alors ça ne peut être que le SRS.

— Non, ce n'est pas le SRS, le contredit aussitôt Sydney à l'arrière.

Matthew se retourna, cherchant à savoir ce qu'elle entendait par là. Elle le fixa pendant un moment, ébranlée par sa compréhension des événements qu'elle savait intuitive, mais juste.

— C'est Ashley, dit-elle.

Matthew ne cacha pas son scepticisme.

— Ashley ? Mais comment est-ce que tu peux…

— Elle est ici, le coupa Lewis. Ashley est à Fairy Lake. Je l'ai aperçue l'autre jour dans le parc. Celui qui longe le lac Fairy.

— Elle était seule ? s'enquit Sydney.

Lewis fit signe que non.

— Une de ses anciennes disciples lui tenait compagnie. Marcia la garce, si je me souviens bien.

Marcia « la garce » Callahan faisait partie des Dissidentes, le groupe gothique pseudo anarchiste fondé par Ashley, qui s'employait autrefois à semer la terreur au Fairy Lake High School.

— Tu peux nous conduire chez elle ? demanda Sydney.

— Euh… bien sûr.

Lewis regarda Matthew pour solliciter son accord. Ce dernier le lui donna d'un simple hochement de tête. Sydney aurait pu se sentir vexée par l'initiative de Lewis, mais ce ne fut pas le cas. Le moment était mal choisi pour un excès d'orgueil. Il y avait des choses plus pressantes à régler.

— Tu peux nous procurer du Serexène ? demanda-t-elle lorsque Lewis eut démarré la voiture.

— Tu en as besoin ? fit ce dernier à l'intention de Matthew.

— À ce qu'il semble, répondit-il de manière à lui faire comprendre que cette idée ne venait pas de lui.

— Ta dernière dose remonte à quand ?

— À hier matin.

— C'est urgent alors, confirma Lewis en reprenant la route pour Fairy Lake. Comment te sens-tu ?

— Bien. Très bien.

— Allons chez moi. Je te filerai quelques-unes de mes doses.

Son offre réjouit davantage Sydney que Matthew.

— Je ferai croire que je les ai égarées, ou mal employées. L'inventaire est toujours contrôlé par les marshals, mais quelques pertes sont tolérées. Ils se montrent beaucoup plus méfiants lorsqu'il y a excédent de stock, quoique ça n'arrive presque jamais.

— Non, c'est trop risqué, dit Matthew. Tu mettrais ta famille en danger si tu nous emmenais chez toi. Le SRS nous surveille.

Le croyait-il vraiment ou se servait-il de ce prétexte pour éviter d'être soumis au Serexène et à ses effets inhibiteurs ? Sydney n'aurait su le dire.

— Le SRS ? Qu'est-ce que c'est ?

Bon nombre de vilains répertoriés n'avaient toujours aucune idée ce qui se tramait dans leur dos. Plusieurs avaient entendu parler de Ladies & Gentlemen et du projet Psycho Land, mais ils ne savaient encore rien des manœuvres secrètes et disgracieuses du Strategy and Research Service. Peut-être valait-il mieux les laisser dans l'ignorance.

— Une agence gouvernementale pas très rigolote, expliqua Matthew. Vaut mieux s'en tenir loin.

—Il nous faut quand même ce Serexène, insista Sydney.

Lewis semblait du même avis, fort heureusement.

—Voilà ce qu'on va faire, dit-il : je vous dépose chez Marcia, puis je retourne chez moi chercher le Serexène. Je reviens vous prendre ensuite, c'est d'accord ?

—Ça marche pour moi, répondit Sydney.

Matthew, de son côté, garda le silence.

«Qui ne dit mot consent», songea-t-elle avec un regain d'espoir.

Winter et Ashley

« Ici, tous les visiteurs ont leur fée-marraine ! »

— La mienne est sûrement grosse et empotée, murmura Winter pour lui-même.

Il était seul dans la voiture et roulait en direction de Fairy Lake. Avant de quitter Hartford de façon précipitée, il s'était assuré que mademoiselle Fox et Duncan veilleraient au départ de Misha.

— Vous ne la laissez pas s'approcher de Fiona, leur avait-il ordonné. C'est bien compris ?

— Tu ne crois pas que t'exagères un peu ? lui avait reproché Duncan. Elle t'a tout expliqué. Pourquoi ne lui fais-tu pas confiance ?

— Parce qu'elle a menti, et qu'elle le fera encore.

— Comment peux-tu en être certain ? Et si elle te promettait de...

Winter s'était empressé de lever la main pour l'interrompre. Aucune protestation n'était tolérée.

— Je ne jouerai pas la vie de ma fille là-dessus, Duncan, que ça te plaise ou non.

— Tu oublies que c'est aussi *sa* fille.

— Non, répondit Winter avec aplomb. Misha n'a rien d'une mère.

C'était alors que mademoiselle Fox était intervenue afin d'abréger la discussion, anticipant ainsi les souhaits de son employeur.

— Tout sera fait comme vous le désirez, monsieur, avait-elle confirmé en bonne assistante.

Satisfait, Winter s'était ensuite rendu dans la chambre de sa fille et l'avait embrassée une dernière fois avant de prendre la route.

Moins d'une heure plus tard, il franchissait les derniers kilomètres le séparant de Fairy Lake. Il s'arrêta à la première station-service. Tandis qu'il faisait le plein, il remarqua une fourgonnette garée tout près d'une cabine téléphonique. En s'attardant à la plaque d'immatriculation, il vit que la série de lettres et de chiffres qu'on pouvait y lire ne correspondait pas au modèle courant. En s'approchant, il observa également qu'elle portait les mentions « U.S. GOVERNMENT » dans la partie supérieure et « FOR OFFICIAL USE ONLY » dans la partie inférieure.

« C'est pas possible, se dit Winter, ils ne peuvent pas être aussi idiots. »

Ce véhicule était la propriété du gouvernement des États-Unis. Les lettres GSA-SR-X situées dans le coin inférieur gauche signifiaient sans doute qu'il était utilisé exclusivement par le SRS.

Après avoir payé son essence, Craine sortit du kiosque et marcha lentement jusqu'à la fourgonnette.

— Je ne pensais pas vous croiser si tôt, les mecs, dit-il à voix basse tout en empoignant le pistolet Beretta qu'il avait confisqué à Gabriel Volanthen la veille, et qu'il portait encore sur lui.

Lorsqu'il fut tout près du véhicule, Winter s'immobilisa et scruta les alentours pour s'assurer qu'on ne l'observait pas. Une fois rassuré, il s'avança prudemment vers la vitre arrière et jeta un coup d'œil à l'intérieur de l'habitacle. Un examen rapide lui permit de constater qu'il n'y avait personne. Il contourna le véhicule sur la droite, puis vérifia si sa porte latérale était verrouillée. Elle ne l'était pas. Il tira sur la poignée pour l'ouvrir. Sur le siège arrière, il découvrit les restes d'un téléphone portable. Il examina brièvement chacun des fragments avant de les reposer à l'endroit même où il les avait trouvés. Dans cet état, l'appareil ne lui servirait à rien.

Winter grimpa dans la fourgonnette afin de poursuivre son inspection. Il supposa que le véhicule avait été abandonné par ses occupants, sans comprendre pourquoi. Ils n'étaient partis que très récemment selon lui. Ses sens aiguisés de prédateur percevaient quelque chose de particulier dans l'habitacle. Une odeur agréable, qui flottait toujours dans l'air et que Winter compara aux exhalaisons résiduelles d'un parfum. Un parfum doux et suave, aux effluves de lavande, comme celui de… «Bon sang, Sydney!» réalisa-t-il soudain. La jeune femme se tenait ici même, dans cette fourgonnette, peut-être seulement quelques minutes auparavant.

Tous les véhicules du SRS étaient munis d'un système de repérage. Lighthouse savait donc que la jeune femme était à Fairy Lake. Winter se rendit à sa voiture afin d'y récupérer son détecteur de signaux numériques, un petit appareil équipé d'une antenne à double bande omnidirectionnelle et d'un écran digital servant à afficher les fréquences et les alertes de détection. Il lui permettait de déceler la présence indésirable de GPS, de téléphones portables, de micros sans fil et de caméras miniatures, fonction plutôt utile lorsqu'on passe son temps à échapper aux autorités fédérales.

De retour dans la fourgonnette, Winter utilisa l'appareil pour localiser l'émetteur GPS. Cette tâche ne nécessita que quelques minutes. Il était fixé sous l'un des sièges arrière. De la grosseur d'un paquet d'allumettes, le dispositif portait l'emblème du SRS : un serpent ailé de couleur jaune tenant dans sa gueule une flèche et une souris. Winter le retira de son emplacement et s'assura de désactiver le signal en privant le module principal de son circuit intégré. Il lui suffirait de réinsérer la puce électronique dans l'appareil pour que le signal de positionnement soit de nouveau transmis.

— Je te laisserai bientôt savoir où je suis, Mason, dit-il en glissant l'émetteur et la puce dans sa poche. On pourra alors discuter tous les deux. Comme des gens civilisés, ajouta-t-il en souriant.

Il ne s'attarda pas davantage. Il était temps de se rendre à Fairy Lake et d'y retrouver Sydney. Il remonta à bord de sa voiture et reprit la route. Il roula encore une dizaine de minutes avant d'atteindre enfin sa destination.

L'ancienne demeure de Sydney était située à proximité du centre-ville. Passé le centre commercial, Winter tourna à gauche dans la 2e Avenue, puis encore à gauche dans Christian Street. Dès ce moment, il appuya sur les freins et ralentit, conscient que la maison de Harry Fisher était tout près. Il balaya la rue d'un regard scrutateur, à la recherche du moindre indice révélant la présence du SRS. Il ne vit aucune voiture ni fourgonnette de surveillance garée dans la rue. Ce qui attira son attention, ce furent plutôt une série de barrières installées devant un terrain vague. Ce lieu désert contrastait avec le reste du quartier, où s'alignaient plusieurs rangées de maisons identiques. L'une d'entre elles s'était apparemment volatilisée, ne laissant qu'un grand espace vide au milieu du paysage. «La maison de Harry…» réalisa Winter en immobilisant sa voiture de l'autre côté de la rue. Les seules parties encore visibles appartenaient aux fondations, taillées au ras du sol, sans doute par une machinerie lourde.

Il descendit de voiture et traversa la rue. Après avoir contourné les barrières, il s'avança lentement sur le terrain. Dans un coin des fondations, qui s'enfonçaient de quelques mètres dans le sol, il aperçut la silhouette d'une jeune femme. Elle était accroupie et semblait chercher quelque chose parmi les décombres.

— Hé! Vous, là-bas!

Elle se retourna. C'était Sydney.

Winter se figea sur place, à la fois stupéfait et heureux. Mais son bonheur fut de courte durée. «Non, ce n'est pas Sydney», se ravisa-t-il après un examen plus attentif. La jeune femme lui ressemblait beaucoup toutefois, presque à s'y méprendre.

— Ashley? fit-il.

La jumelle de Sydney se releva, essuya ses mains couvertes de cendres et de poussière sur son pantalon, puis marcha dans sa direction.

— Winter Craine, dit-elle en relevant la tête. Eh ben, si je m'attendais à ça…

— Où est ta sœur ? lui demanda-t-il avec empressement.

L'urgence de la question parut déplaire à Ashley.

— Je vais bien, merci, et toi ? répondit-elle afin de lui rappeler les règles de politesse.

— Arrête tes conneries, Ashley. Où est-elle ?

— En Alaska ? Au Mexique ? À Disneyland ? Qu'est-ce que j'en sais, moi ?

— Elle m'a donné rendez-vous ici.

— Ici, à Fairy Lake ?

— Ici, dans cette maison, précisa Winter.

Ashley jeta un coup d'œil aux ruines du bâtiment derrière elle, puis revint à son interlocuteur.

— C'est justement ma sœur que je cherchais sous les décombres, affirma Ashley en lui adressant un de ces sourires narquois dont elle seule avait le secret.

Jamais Winter n'avait vu Sydney manifester une telle attitude hostile et arrogante. S'il y avait une différence entre ces jumelles, c'était bien celle-là.

— Je ne trouve pas ça amusant, dit-il.

— En es-tu seulement capable ? De t'amuser, je veux dire.

— C'est toi qui as foutu le feu à la baraque ?

— Moi ? Mais pourquoi j'aurais fait ça ?

L'étonnement d'Ashley paraissait sincère.

— Parce que c'est dans ta nature, soutint Winter. Bon nombre de psychopathes sont aussi pyromanes.

— On se connaît si bien, toi et moi ?

— Je sais reconnaître un esprit torturé quand j'en vois un.

— Ton diplôme en psycho, tu l'as obtenu par correspondance ?

Ashley marqua un temps, puis ajouta :

— J'admire ta perspicacité, mais tu te trompes. Je n'ai rien d'une psychopathe.

Winter se mit à rire.

— Les jumeaux de Junkers sont tous des apprentis criminels, c'est connu. Tu es encore jeune. On verra bien d'ici quelques années.

— Désolée de te décevoir, Craine, mais je ne suis pas comme toi.

— Simple curiosité : il t'arrive de torturer des animaux ?

— T'es un grand malade, tu le savais ?

Winter lui tendit la main pour l'aider à se hisser hors du trou. Elle se montra méfiante, mais finit par accepter. Une seconde plus tard, elle quittait les vestiges des fondations pour se retrouver au niveau du sol, face à Winter. Visiblement, ce dernier n'avait déployé aucun effort pour la tirer de là. Ashley avait été soulevée de terre aussi aisément qu'une plume est poussée par le vent. Cette démonstration lui confirma une fois de plus la grande force des Psycho Boys. Pendant un court instant, elle se surprit à envier Winter ; qu'il devait être grisant de posséder un tel pouvoir, une telle puissance !

— Dis-moi ce que tu fous là.

Ashley hésita avant de répondre.

— Je fouillais…

— Tu fouillais, vraiment ? rétorqua-t-il en feignant la surprise. Moi qui croyais que tu transplantais des géraniums…

— Je cherchais d'anciens trucs à nous, précisa-t-elle sans relever l'ironie du jeune homme. Des souvenirs qui auraient pu échapper aux flammes ou aux travaux de déblaiement.

— Une sentimentale, toi ? Tu me prends pour un idiot, Ash ?

— Tu peux croire ce que tu veux, soupira-t-elle.

— Mon cœur saigne devant tant d'indifférence, fit Winter. Alors, qu'as-tu trouvé ?

Ashley tendit sa main, paume ouverte. À l'intérieur reposait une fiole de Serexène en parfait état.

— Que comptes-tu faire avec ça ?

— Te l'offrir ? répondit la jeune femme. Ça pourrait te rendre un brin plus sympathique, non ?

Winter sourit.

— Bel essai. Viens, on s'en va d'ici.

— Pour aller où ?

— Pas très loin. L'important est de ne pas rester à découvert.

— Tu attends de la visite ?

— Une foule d'admirateurs, oui.

Winter s'avança jusqu'à la rue. Toujours aucun signe de Lighthouse et du SRS. Il repéra de l'autre côté une maison avec de grandes fenêtres, située en diagonale du terrain désormais vacant, et en conclut qu'elle ferait parfaitement l'affaire. Il fit signe à Ashley de se rapprocher, puis lui confia ses clés de voiture.

— Tu vois cette maison ?

Ashley acquiesça.

— Conduis la voiture jusque-là et arrête-toi devant le garage. Dès que la porte s'ouvre, tu y entres avec le véhicule.

— Qui ouvrira la porte ? Le mécanisme doit se trouver à l'intérieur de…

— Je m'en occupe, la coupa Winter.

— Entrée par effraction, hein ? Et tu feras quoi des propriétaires ?

— Je m'en occupe aussi.

— Attends, tu ne vas tuer personne au moins ?

Winter tourna la tête vers la maison.

— Si ça se trouve, ils ne sont pas chez eux, dit-il en fixant le bâtiment des yeux.

— Et si ce n'est pas le cas ?

— Alors ils devront coopérer.

Ashley contempla les clés de voiture dans sa main.

— Qu'est-ce qui m'oblige à faire ça ?

— Ils te cherchent, toi aussi.

— Qui ? Tes admirateurs ?

— Ils admirent beaucoup de gens, répondit Winter. En particulier les Junkers et leurs jumeaux. Du moins, ceux qui sont encore vivants.

Il était évident qu'à son air, Ashley ne saisissait rien de ses propos.

— Le SRS a déjà tué plusieurs Junkers, expliqua Winter. Ils doivent tous être éliminés. Sydney est parvenue à échapper à l'exécution, je ne sais trop comment.

— Et c'est à Fairy Lake qu'elle a pensé se réfugier ? s'exclama Ashley. Merde, mais c'est ici qu'ils la chercheront en premier !

Winter approuva d'un hochement de tête.

— Je me demande bien quelle idée stupide a bien pu la pousser à revenir, fit-il, sarcastique. Elle était peut-être convaincue d'y retrouver son écervelée de sœur ? Qu'est-ce que t'en dis ?

Ashley soupesa encore une fois les clés dans sa main, puis traversa la rue et se rendit à la voiture. Quant à Winter, il se dirigea d'un pas rapide vers la maison. Une fois sur le perron, il cogna à deux reprises. La porte finit par s'ouvrir et laissa place à un grand type barbu et baraqué.

— IRS, bureau des enquêtes criminelles, annonça Winter. Vous avez négligé de payer vos impôts, monsieur.

— Quoi ? Mais…

Winter lui glissa le canon de son pistolet Beretta sous le nez et l'obligea à reculer. La porte se referma derrière eux sans qu'aucune autre parole ne soit échangée.

Sydney et Matthew

Lewis avait déposé Sydney et Matthew devant la résidence des Callahan, avant de rebrousser chemin et de retourner chez lui pour y récupérer les quelques doses de Serexène promises.

— Tout ça est tellement improvisé, maugréa Matthew. Plutôt étonnant qu'on soit encore vivants tous les deux, tu ne trouves pas ?

Sydney se contenta d'approuver en silence. Elle préférait en dire le moins possible, craignant que ses paroles ne soient mal interprétées. Mais l'étaient-elles vraiment, ou Matthew faisait-il seulement preuve de mauvaise foi ? Car mauvais, il le devenait de plus en plus, Sydney n'en doutait pas. Il s'emportait pour des riens, lui servait des réponses méprisantes et des remarques fielleuses, souvent teintées d'une ironie amère. Il exprimait son agressivité avec une désinvolture inquiétante, comme s'il s'agissait d'un comportement tout à fait normal.

Pour tout dire, il commençait à lui faire peur. Et cet amour qu'il ressentait pour elle et qu'il disait sans cesse grandissant n'avait rien pour la rassurer. Combien de crimes sordides avaient été commis à cause d'un trop grand amour? Un amour malheureux, contrarié et violent, qui poussait parfois les gens les plus raisonnables jusqu'à la folie. Quels effets ce genre de passion maladive pouvait-elle avoir sur un Psycho Boy?... Mais Sydney se dit qu'il valait mieux ne pas y penser pour l'instant. Bientôt, tout redeviendrait normal, car dès le retour de Lewis, Matthew s'injecterait une dose de Serexène. D'ici vingt-quatre heures, elle récupérerait son ami et amoureux tel qu'elle l'avait toujours connu, tel qu'il était auparavant. Quoique réjouissante, cette perspective suscitait néanmoins d'autres questionnements. Qui était le véritable Matthew Craine? Le garçon gentil et charmant qui prenait chaque jour sa dose de Serexène, ou le malveillant Psycho Boy qu'il devenait lorsqu'on le privait de son médicament?

— On y va? demanda Matthew.

Ils se tenaient toujours sur le trottoir, mais s'étaient arrêtés devant la longue allée de gravier menant au domicile de Marcia. C'était un bâtiment centenaire à l'allure délabrée. La peinture défraîchie de la façade s'écaillait par endroits et le revêtement du toit était à rénover en entier. Les fenêtres, sans rideaux, étaient sillonnées de fissures. Les parents de Marcia n'étaient pas très riches. Son père, un buveur invétéré, passait tout son salaire dans l'alcool, tandis que sa mère, une femme malade, dépensait tout le sien dans les médicaments.

Le terrain n'était guère mieux entretenu que la maison: la haie de cèdres était laissée à l'abandon et la pelouse n'avait pas été taillée depuis plusieurs semaines, voire un mois ou deux. Les herbes hautes dissimulaient en partie les nombreuses statues de jardin répandues çà et là, sans le moindre soin. Des statuettes en plâtre de mauvais goût, représentant parfois des nains aux traits austères, parfois des personnages religieux, tels que des anges et des bergers. Sydney reconnut également un Christ et une Vierge Marie dans le lot. Bras ouverts, tête penchée, ils invitaient au recueillement.

— Reste ici, je m'en occupe, dit la jeune femme.

— Pas question, je viens avec toi.

C'était une mauvaise idée, et Sydney devait trouver un moyen de le lui faire comprendre sans provoquer sa colère. Ménager la susceptibilité de Matthew, c'était devenu sa nouvelle priorité.

— Tu le sais, les Dissidentes n'aiment pas vraiment les Psycho Boys. Elles vous faisaient constamment des misères, à toi et aux autres…

— Et alors?

— Je crains que Marcia et Ashley refusent de me parler si…

Le regard de Matthew se fit soudain plus perçant.

— … si je suis là, tu veux dire? s'indigna le garçon.

Sydney eut envie de s'éloigner mais se ravisa, en se rappelant que la peur avait un effet stimulant sur les prédateurs. «Ne pas l'énerver, surtout, songea-t-elle. Il faut y aller doucement… tout doucement.» Et voilà que son instinct naturel l'incitait à se comporter comme une proie, avec méfiance et prudence. N'était-ce pas le signe évident qu'un véritable danger la guettait?

— Tu les connais, dit Sydney. Elles sont… imprévisibles.

«Comme tu l'es devenu toi-même, Matthew», se priva-t-elle d'ajouter.

— Elles vont nous parler, fais-moi confiance, répondit-il en avançant le premier sur l'allée de gravier.

Il marchait vite, d'un pas résolu. Sydney dut accélérer la cadence pour le rejoindre. Elle brûlait d'envie de lui agripper le bras pour le retenir, mais réalisa que c'était là un autre comportement à éviter. Il valait mieux ne pas le toucher, ne pas le surprendre.

Arrivé devant la porte, Matthew se servit de son poing pour annoncer leur présence. Il frappa à trois reprises, avec plus de force que nécessaire. Chaque fois, la porte frêle branla sur ses gonds. Là encore, Sydney jugea préférable de n'émettre aucun commentaire.

On vint rapidement ouvrir. C'était Marcia. Sous sa chevelure drue dodelinait une tête lourde et ronde. Une tête comme un melon, mais non disproportionnée par rapport au reste du corps, dodu et rondelet. Ses lèvres charnues et ses paupières tombantes étaient recouvertes d'un maquillage sombre, qui détonnait avec la blancheur livide de sa peau. Elle portait une longue robe en satin gris trop ajustée, qui mettait ses rondeurs en évidence au lieu de les atténuer.

— Bordel de merde, mais qu'est-ce qui se passe ? s'exclama Marcia en s'assurant que la porte n'avait pas été abîmée. Il y a le feu ou…

Il lui fallut quelques secondes pour réaliser qui était le garçon qui se tenait devant elle.

— Matthew Craine ?

Elle le dévisagea avec dédain.

— Comment vas-tu, Marcia ?

Plutôt que de répondre, la grosse fille se tourna vers Sydney.

— Qu'est-ce que vous foutez ici ?

Matthew s'apprêtait à répliquer, mais Sydney s'empressa de le devancer. La moindre de ses remarques risquait d'envenimer la situation, qui paraissait déjà suffisamment tendue.

— Nous sommes venus voir ma sœur, dit Sydney. Elle est ici ?

Le regard haineux de Marcia s'attarda encore un moment sur Sydney, puis passa lentement à Matthew.

— Non, fit-elle froidement.

— Tu sais où elle est ?

— Non.

— Je dois la retrouver, c'est important, lui expliqua Sydney. Je n'ai pas eu de ses nouvelles depuis très longtemps. Je dois l'informer de certaines choses.

La figure bouffie de Marcia se crispa devant son insistance.

— Est-ce que je dois le mimer pour que tu comprennes ? J'en sais foutre rien où elle se trouve, ta frangine ! Tu saisis, beauté ?

Sydney tenta de garder son calme.

— Lewis Strange nous a dit qu'il t'a vue avec elle. Dans le parc, près du lac Fairy.

— Lewis Strange ? répéta Marcia. Un autre de ces Psycho Mecs ! Tous de sales menteurs, ces cinglés ! Heureusement qu'ils les enverront pourrir à Psycho Land. La déportation est déjà commencée à ce qu'on dit !

Sydney ne fut pas assez rapide pour retenir son compagnon. En un éclair, il se jeta sur Marcia et glissa sa main entre les renflements adipeux de son cou. Il la plaqua ensuite contre le cadre de la porte, ce qui en fit craquer le bois, puis la souleva de terre sans effort apparent.

Marcia émit un cri bref et aigu tout en agitant machinalement les bras et les jambes. Ses yeux étaient grands ouverts et son visage tout rouge. Elle semblait aussi surprise qu'apeurée.

— Écoute-moi bien, l'épaulard, la menaça Matthew en la maintenant solidement au bout de son bras. Si tu refuses de nous dire où est Ashley, tu meurs. Si tu répètes que tu ignores où elle se trouve, tu meurs. Et si tu ne sais vraiment pas où elle se trouve, tu meurs aussi. Alors je te conseille de bien choisir ta réponse.

Marcia parvint à hocher la tête. Elle entrouvrit les lèvres pour dire quelque chose, mais tout ce qui sortit de sa bouche écumante fut une épaisse langue pourpre. Elle lâcha ensuite un grognement qui n'avait rien d'intelligible, puis ses yeux roulèrent dans leurs orbites.

— Allez, parle! lui ordonna Matthew en resserrant sa prise.

Sydney aurait juré qu'il souriait.

— Repose-la par terre! Tu vas l'asphyxier!

Matthew ne bougea pas. Il continuait de fixer Marcia avec un mélange de dégoût et de fascination. Il tenait la vie de cette fille entre ses mains et savourait chaque seconde de ce moment.

— Matthew! s'écria Sydney.

Le jeune homme sortit de son état contemplatif et se tourna vers sa petite amie. L'air contrarié qu'il affichait à présent ne mentait pas: Matthew prenait plaisir à cet exercice, c'était évident, et hésitait à y mettre fin. Une irrépressible envie de tuer se lisait dans son regard. Il libéra néanmoins Marcia, qui s'affaissa lourdement au sol. Elle toussa à plusieurs reprises tandis que ses poumons se remplissaient à nouveau d'air, puis roula sur le dos, les yeux toujours affolés.

— Où est-elle ? demanda Sydney en s'agenouillant à ses côtés.

— Chez… elle est… chez Harry, répondit Marcia en hoquetant.

— Chez mon père ? Mais la maison a brûlé…

Marcia fut victime d'une nouvelle quinte de toux.

— Elle… elle s'y rend tous les jours, révéla-t-elle ensuite.

Sydney entendit une voiture s'approcher dans la rue. Le véhicule s'immobilisa devant la maison des Callahan au moment précis où elle relevait la tête. C'était la Volkswagen de Lewis. « Il a fait vite », songea-t-elle.

— Ne le laissez pas s'approcher ! supplia Marcia en montrant Lewis du doigt. C'est un fou furieux, celui-là ! Il a voulu nous tuer, Ashley et moi !

— La ferme, idiote ! répliqua Matthew. Lewis se gave de Serexène. Il ne ferait pas de mal à une mouche !

Sydney voulut aider Marcia à se redresser, mais son compagnon l'en empêcha.

— Laisse-la où elle est. Un peu d'exercice ne lui fera pas de mal.

— On ne peut pas la laisser comme ça…

Matthew entraîna Sydney avec lui malgré ses protestations et la força à se diriger vers la voiture. Lewis quitta prestement son véhicule et vint à leur rencontre.

— Je suis revenu le plus vite possible, leur dit-il. Ça commence, ils l'ont annoncé à la radio !

— De quoi parles-tu ? demanda Matthew.

— Les rassemblements. Ils ont lieu dans tout le pays !

Sa nervosité était palpable. Il parlait fort et avec émotion, ce qui était plutôt étrange venant de lui. Si Sydney n'avait pas été certaine que Lewis était bien un enfant de la génération Patecal, elle aurait facilement pu le croire effrayé.

— Ils regroupent tous les vilains répertoriés, continua-t-il sur le même ton paniqué. Dans chaque ville, ils les réunissent et les embarquent dans des hélicoptères de transport !

Matthew l'agrippa par les épaules pour tenter de le calmer.

— Qui ? Mais qui fait ça ?

— Le FBI, les marshals, les Forces spéciales… le gouvernement, nom de Dieu ! Tu ne comprends pas ? C'est aujourd'hui que l'opération est lancée. Ils vont tous nous conduire là-bas et nous y enfermer pour toujours !

Sydney et Matthew comprirent à cet instant de quoi il parlait.

— Psycho Land… souffla Matthew.

Il y eut quelques secondes de silence pendant lesquelles ils échangèrent des regards perplexes, puis Matthew attrapa la jambe de Lewis, la releva et arracha le bracelet de repérage fixé à sa cheville.

— Mais qu'est-ce que tu fous ? s'exclama Lewis.

— Je te sauve la vie. S'il y a jamais eu un moment opportun pour devenir Jack O' Spades, c'est bien celui-ci. Tu as rapporté du Serexène ?

Lewis hocha la tête en sortant de sa poche deux fioles en verre. Elles portaient la mention Srx-n2 en bleu acier. Matthew les saisit dans la main de Lewis et les jeta par terre avec force.

— Non ! fit Sydney.

Mais il était trop tard. Les fioles se fracassèrent au contact du sol, répandant leur précieux contenu à leurs pieds.

— Pourquoi, Matthew ? lui demanda Sydney en refoulant ses larmes. Pourquoi as-tu fait ça ?

— Ce n'est pas le moment de se montrer vulnérables, affirma-t-il pour justifier son geste. Dorénavant, il nous faudra non seulement échapper au SRS, mais aussi au gouvernement des États-Unis. Seuls les plus forts et les plus rusés y arriveront.

« Et moi, c'est à toi que j'ai envie d'échapper », songea Sydney.

— Échapper au gouvernement ? fit Lewis, incrédule. La U. S. Army a constitué une nouvelle force d'intervention pour traquer ceux qui auraient l'idée de s'enfuir. Une équipe de bérets verts spécialisée dans les actions commandos de rabattage et les attaques spéciales. Rien que ça ! Et tu penses sérieusement pouvoir leur échapper ? Tu rêves, mon vieux !

— Ça aussi, tu l'as entendu à la radio ?

— C'est sur toutes les chaînes, Matthew. Ils peuvent nous traquer grâce aux bracelets de repérage. Si l'un d'entre nous tente de se soustraire à la rafle, ils ont l'ordre de tirer à vue.

Matthew se mit à rire.

— Des mensonges. Ils veulent vous faire peur. Et ça fonctionne très bien, à ce que je vois. Depuis quand ressens-tu la peur, Lewis ?

—Je n'ai pas peur, rétorqua ce dernier avec assurance. Je suis conscient du danger, c'est tout.

Un bruit assourdissant retentit soudain au-dessus d'eux. Ils levèrent la tête et aperçurent trois hélicoptères de l'armée qui traversaient le ciel de Fairy Lake. Des appareils de transport lourd de type Chinook, équipés de deux rotors, un à l'avant, au-dessus de la cabine de pilotage, et l'autre tout à l'arrière.

—Les voilà, dit Lewis sans pouvoir détacher son regard des hélicoptères. Ce matin, ils ont embarqué les répertoriés de Hartford. Maintenant, ils viennent pour nous.

Cette fois, Matthew s'abstint de tout commentaire. Il ne souriait plus et semblait préoccupé. Sans doute venait-il de saisir que la situation était beaucoup plus sérieuse qu'il ne l'avait imaginé au départ.

—Ma sœur... fit Sydney. Il faut aller chez mon père, il faut la retrouver.

Et Winter aussi, par la même occasion. Car c'était bien à cet endroit qu'elle lui avait donné rendez-vous.

Winter et Ashley

L'homme s'appelait Robert Irving. Il était seul chez lui. Sa femme était infirmière et ne rentrerait du travail que très tard ce soir-là, tandis que ses deux enfants avaient quitté le domicile familial un an auparavant pour aller étudier à Hartford. Winter trouvait à Irving une bouille sympathique ; il avait choisi de l'épargner, chose qu'il n'aurait jamais même considérée auparavant, alors que Sydney avait disparu de sa vie. Mais depuis qu'il avait revu la jeune femme l'année précédente, ses sentiments amoureux n'avaient cessé de croître, entraînant avec eux une nouvelle gamme d'émotions. Il lui arrivait maintenant de ressentir de la compassion et de l'empathie envers autrui, ce qui, chaque fois, ne manquait pas de le surprendre. Ce besoin de tuer qui caractérisait la majorité des Psycho Boys n'était plus aussi pressant chez lui. Tout ça grâce à Sydney et à son influence de Junker. Sans doute avait-elle contribué à sauver plusieurs vies, comme celle de Robert Irving à ce moment précis.

Après avoir ouvert la porte du garage pour Ashley, Winter avait conduit Robert dans la chambre à coucher et l'avait ligoté sur le lit. Il lui avait demandé quelques renseignements à propos des allées et venues de ses voisins, puis l'avait bâillonné avant de sortir de la chambre.

— Et maintenant, que fait-on ? dit Ashley dès qu'elle eut franchi la porte entre le garage et la maison.

Dans le couloir, Winter passa à côté d'elle sans la regarder.

— On attend, dit-il en continuant son chemin vers le salon.

Ashley s'empressa de le suivre. Elle le vit s'installer dans un fauteuil et pivoter de façon à faire face à la fenêtre. De là, on pouvait très bien apercevoir le terrain où se tenait jadis la résidence où vivaient Harry Fisher et ses filles.

— Tu crois qu'elle va venir ? lui demanda Ashley en se postant derrière le fauteuil.

— J'en suis certain, répondit Winter avec une ferme conviction.

Plusieurs minutes s'écoulèrent, pendant lesquelles ils restèrent tous deux silencieux, à fixer les vestiges de la maison en espérant qu'une voiture se garerait devant et que Sydney en sortirait.

Ces instants d'accalmie furent brusquement interrompus par un bruit puissant, semblable à celui que font les pales en rotation d'un hélicoptère. Winter se pencha sur son fauteuil, puis leva la tête afin de mieux distinguer le ciel.

— Mais qu'est-ce que...

Il n'y avait pas qu'un seul appareil, mais bien trois : des hélicoptères de transport appartenant à l'armée, qui survolaient le quartier en direction du nord. Winter se tourna alors vers Ashley qui paraissait littéralement hypnotisée par la vision des trois Chinook.

— La télé, vite, lui ordonna-t-il.

La jeune femme saisit une télécommande sur la table du salon et alluma la télévision haute définition qui se trouvait fixée à l'un des murs. Elle tomba sur une chaîne sportive et changea rapidement pour syntoniser CNN, anticipant ainsi les souhaits de Winter. Un présentateur en complet-veston apparut à l'écran. Ashley monta le volume et alla s'asseoir sur le canapé, où Winter la rejoignit immédiatement.

— "L'opération Bloodhound a débuté très tôt ce matin dans l'est et le centre du pays, déclara le lecteur de nouvelles sur un ton solennel. Selon les derniers communiqués, plus d'une trentaine de rafles ont été effectuées par la nouvelle force spéciale de l'armée des États-Unis, la United States Army Ranchers. On leur doit l'arrestation de deux mille six cent trente vilains jusqu'à présent."

— Des arrestations ? répéta Ashley, incrédule. Mais comment peuvent-ils les arrêter sans mandat ? Ils n'ont pas de mandat, n'est-ce pas ?

Winter ne répondit pas, trop absorbé qu'il était par ses propres réflexions.

— "Parmi ceux-ci, une vaste majorité de répertoriés, continua le présentateur de CNN. À peine une demi-douzaine de fugitifs, communément appelés Jack O' Spades, ont été appréhendés par le FBI et le Service des Marshals. Entre mille et mille cinq cents prisonniers sont déjà en route pour le pénitencier à sécurité maximum de l'île des Monts Déserts. Ils y seront incarcérés sans procès dans le cadre du projet Psycho Land, initiative du département de la Sécurité intérieure, à la fois soutenue par le président et par le Congrès. L'un de nos journalistes, Jack Denbrough, est d'ailleurs sur place. Jack ?... "

— Mais putain, c'est pas vrai ! s'exclama Ashley. Que font-ils des droits de l'homme et du sixième amendement ? Ils nous refont le coup de Guantánamo, ces salauds !

L'image du présentateur à l'écran fut remplacée par celle d'un autre homme, plus jeune. Il portait un veston beige et une chemise blanche et se tenait dehors, devant l'une des imposantes murailles de Psycho Land.

— Je vous écoute, Alan, dit le journaliste au présentateur.

— Jack, sait-on si des vilains fugitifs de la trempe de Winston Craine et d'Alexander Astor ont été capturés ?

— Aucune nouvelle à ce sujet pour l'instant, Alan. Ce que les forces armées nous confirment par contre, c'est que la plupart des arrestations se font dans le calme. Toujours soumis aux effets de l'inhibiteur Serex-N2, les vilains répertoriés n'opposent que peu ou pas de résistance. Les rares qui s'y risquent sont vite maîtrisés par les détachements de U. S. Ranchers.

— Éteins ça ! s'écria Winter, furieux. Des Ranchers, bordel ! Ce mot, tu sais ce qu'il veut dire ?

Ashley fut prise de court par la question. Elle risqua tout de même une réponse :

— Ce sont les mecs qui s'occupent de rassembler le bétail dans les ranchs ?...

— Exactement! Ils nous prennent pour un troupeau de vaches, ces saletés de cow-boys, et ils vont nous conduire droit à l'abattoir!

Comme Ashley ne réagissait pas, il attrapa la télécommande et la lança avec force contre l'écran, qui se fissura de toute part. Cela ne fut pas suffisant pour faire taire le journaliste. Winter se leva et arracha le téléviseur à son support mural avant de le projeter sans ménagement dans un coin de la pièce. Ce ne fut qu'une fois le silence revenu que Winter parvint à retrouver son calme.

— Tu as un téléphone? demanda-t-il à Ashley.

La jeune femme lui tendit son portable.

— Il est prépayé, précisa-t-elle tandis qu'il s'en emparait. Je ne voulais pas qu'on me retrouve.

— Exactement ce qu'il me faut. Tu apprends vite.

Winter composa le numéro de mademoiselle Fox. Il avait dépensé une fortune pour procurer un téléphone crypté à son assistante. Un appareil hautement sophistiqué, utilisé uniquement par les services secrets et les hauts fonctionnaires de la Maison-Blanche, et que le revendeur avait prétendu indétectable.

— Je vous écoute, monsieur, déclara la femme en répondant à l'appel.

Seul son patron la contactait sur ce téléphone.

— Géraldine, vous regardez les infos?

— Oui, monsieur.

— Rien à signaler?

— Selon la chaîne locale, les forces armées ont quitté Hartford il y a moins d'une heure avec une centaine de vilains répertoriés.

— Les papiers de Fiona sont en règle?

Winter, qui avait prévu depuis longtemps que ce jour viendrait, n'avait rien laissé au hasard. Il avait pris toutes les dispositions nécessaires pour protéger l'identité de sa fille, et ce, dès sa naissance. Selon les documents officiels, Fiona se prénommait Alicia et n'avait qu'un seul parent: Géraldine Fox. Rien ne la liait à Winter ni à Misha.

— J'ai vérifié, tout est en ordre, répondit mademoiselle Fox.

— Parfait. Maintenant, passez-moi Duncan s'il vous plaît.

Bref moment d'hésitation de la part de son assistante.

— Il n'est plus ici, monsieur. Il est parti avec Misha, peu après l'arrivée des premières troupes.

— Il vous a dit pourquoi?

— Pour éviter de nous faire courir des risques, à votre fille et à moi, semble-t-il. Et Misha a prétendu qu'ils ne seraient pas trop de deux pour échapper à la rafle.

« Incapable de se débrouiller seule, celle-là, songea Winter. Voilà qu'elle s'est déjà trouvé un nouveau partenaire… »

— Devons-nous quitter la ville? demanda mademoiselle Fox.

— Vous dites que les opérations sont terminées dans votre secteur?

— C'est ce que les journalistes prétendent, monsieur.

— Raison de plus de demeurer à Hartford, alors. Du moins jusqu'à ce que les choses se calment. Il vaut mieux éviter les déplacements inutiles durant les prochains jours. Mais allez à l'hôtel. Il serait imprudent de rester où vous êtes. Si jamais Misha ou Duncan se font prendre, ils pourraient très bien parler et donner l'adresse de la maison.

— Vous le croyez vraiment ?

— Ce sont des vilains, Géraldine. Si cette information peut leur attirer des faveurs ou épargner leur vie, ils n'hésiteront pas. C'est ce que je ferais.

— Vous avez besoin de renforts, monsieur ? Dois-je avertir quelqu'un en particulier ?

— Non, pas pour l'instant. Occupez-vous de Fiona, conclut-il. Je vous redonnerai des nouvelles sous peu.

— Très bien. Une dernière chose, monsieur. Archibald, notre informateur m'a contacté. Il m'a dit de vous transmettre mot pour mot ce message : "Le SRS a été dissous tôt ce matin par le président, mais c'était déjà trop tard. Lighthouse a réussi à se débarrasser de tous les Junkers."

Silence.

— Monsieur ?

— Je suis là.

— Dois-je répéter ?

— Non, ça va.

Winter coupa la communication, puis remit le téléphone portable à sa propriétaire. Sans un mot, il regagna sa place dans le fauteuil et reprit sa surveillance. Encore aucun signe de Sydney.

— Il faut partir d'ici, affirma Ashley. Quitter la ville.

— Je ne partirai pas sans Sydney.

— Ils l'ont peut-être déjà emmenée. Tu sais comme moi qu'ils n'enfermeront pas seulement les vilains dans cette foutue prison. Les Junkers aussi seront envoyés là-bas.

— Il n'y a plus de Junkers, répliqua Winter en repensant à ce que venait de lui révéler son informateur par l'entremise de mademoiselle Fox.

— Attends, il y a Sydney.

— Elle n'ira pas à Psycho Land. Je ne les laisserai pas faire.

— Tu n'as aucune chance. Ils sont tous à vos trousses : la police, le FBI, les marshals, l'armée… sans parler de ces cinglés du SRS.

— Le SRS n'existe plus, déclara Winter.

— Hein ? Mais tout à l'heure, tu disais que…

— Le service a été dissous. Dès le début de cette opération. Ils n'ont plus l'appui du président. Quant aux unités secrètes de Psycho Boys, Lighthouse leur a sans doute conseillé de s'enfuir et de se cacher. Ils ne font pas exception à la règle : tôt ou tard, ils se retrouveront eux aussi entre les murs de Psycho Land.

Ça expliquait d'ailleurs pourquoi ils n'étaient pas à Fairy Lake. Winter trouvait en effet étrange de n'avoir encore remarqué aucun signe de leur présence. Mason viendrait peut-être pour régler ses comptes avec lui, mais accompagné de très peu d'hommes, ce qui était bien.

Winter palpa la poche de son pantalon pour s'assurer que le petit émetteur GPS de la fourgonnette et sa puce électronique s'y trouvaient toujours. Satisfait, il leva ensuite les yeux vers Ashley et vit que le regard de la jeune femme était attiré par quelque chose à l'extérieur. Il tourna la tête en direction de la fenêtre et constata qu'une voiture s'était immobilisée de l'autre côté de la rue, devant le terrain des Fisher. Une Volkswagen Jetta de couleur grise. Deux hommes et une femme en sortirent. Winter reconnut immédiatement Sydney, puis Matthew.

— Bon sang! s'exclama-t-il en se ruant hors de son fauteuil. C'est elle!

— Oui, c'est bien ma sœur, confirma Ashley sans cesser d'observer la scène. Et elle est avec ton cousin!

Winter courut vers la sortie, laissant Ashley seule dans la maison. Une fois dehors, il dévala les marches et se dirigea vers la rue.

— Sydney! cria-t-il au moment même où une autre voiture arrivait sur les lieux.

Le véhicule manqua de le renverser au passage. C'était une Cadillac de couleur noire et elle filait à toute vitesse. Elle s'arrêta brusquement à la hauteur de la Volkswagen dans un crissement de pneus. La portière s'ouvrit et une femme apparut. Elle tenait un pistolet semi-automatique. En un coup de feu, elle abattit le garçon qui accompagnait Sydney et Matthew. Elle braqua ensuite son arme sur les deux jeunes gens.

— Non! fit Winter qui n'était plus qu'à quelques mètres.

La femme se tourna vers Winter et lui adressa un sourire de bienvenue, comme si elle avait anticipé son arrivée. Il comprit pourquoi lorsqu'il reconnut ses traits. Son visage n'avait pas beaucoup changé, contrairement à ses cheveux: ceux-ci étaient plus courts, désormais, et teints en roux. Un roux flamboyant, aussi vif et ardent que son regard de prédatrice.

— Heureuse de vous revoir enfin, leur dit-elle.

C'était Abigail Turner.

Winter et Abigail

— Vaut mieux ne pas traîner dans les rues par les temps qui courent, observa calmement Abigail.

Le regard de Winter passa d'Abigail à Sydney. Cette dernière lui adressa un sourire discret, malgré la situation. Un sourire qu'il ne put lui rendre, se sachant surveillé par Abigail. Il observa ensuite Matthew. L'expression de son cousin n'avait rien d'amical, ce qui le surprit un peu. Peut-être était-ce à cause de ce jeune homme qu'Abigail avait descendu froidement quelques instants plus tôt ? Sans doute un ami de Matthew.

— Que veux-tu, Abigail ? demanda Winter en s'approchant d'eux.

— Premièrement, que vous vous débarrassiez de vos armes.

Winter soupira.

— Tu ne crois pas que le moment est mal choisi pour y aller de ta petite vengeance personnelle ? T'as pas vu les hélicos tout à l'heure ? Ils sont ici pour nous !

— C'est vous qui avez choisi le moment, pas moi, rétorqua Abigail. Tout ce que j'ai fait, c'est surveiller

196

cet endroit. Je me doutais bien que les sœurs Fisher finiraient par se montrer. Il me suffisait de foutre le feu à leur maison.

Il y eut un bref moment de silence, pendant lequel Abigail et Matthew se défièrent du regard. On aurait dit deux prédateurs se jaugeant l'un l'autre, prêts à passer à l'attaque dans l'unique but de démontrer leur supériorité.

— C'était qui, ce gars ? demanda Winter en désignant le corps de Lewis, qui reposait sur le bitume.

— Lewis Strange, répondit Matthew sans quitter Abigail des yeux. Un ami à moi.

— Le fils d'Arnold et de Cynthia Strange ?

Matthew acquiesça en silence.

Winter se rappelait que Cynthia Strange tenait une boutique de vêtements dans la rue principale du temps où lui-même habitait encore Fairy Lake. Il y était allé quelques fois en compagnie de Sydney. Le commerce avait fermé ses portes quelques semaines seulement avant son départ. Quant à Arnold Strange, aux dernières nouvelles il était toujours le chef des pompiers de Fairy Lake. Leur fils, Lewis, était un Psycho Boy. À une certaine époque, la ville accueillait plus d'une trentaine de vilains. Ils y étaient sans doute encore jusqu'à ce matin, avant la rafle. On ne les autorisait que très rarement à quitter leur lieu de résidence. Maintenant âgés de dix-neuf ans, ils devaient poursuivre leurs études supérieures ici, à Fairy Lake, dans des locaux spécialement aménagés pour eux, comme c'était le cas dans toutes ces petites villes des États-Unis qui ne disposaient pas d'universités.

— J'ai bien vu Ashley à quelques occasions fouiller les décombres de sa maison, continua Abigail, mais c'est l'autre jumelle que j'attendais. La tienne, Winter.

Ce dernier ne put s'empêcher de rire.

— Tu crois que Sydney est ici à cause de l'incendie ? Tu es plus naïve que je le pensais, Abigail. Ça n'a rien à voir, c'est un pur hasard.

— Hasard ou non, c'est moi qui tiens une arme à présent, alors je te prierais de rester poli, Winter, sinon ta petite copine ira rejoindre son papa chéri chez les anges. Allez, vos armes, insista la Psycho Girl. Jetez-les dans la Volkswagen.

Tour à tour, Winter et Matthew saisirent leurs pistolets Beretta et les lancèrent dans le véhicule par une fenêtre laissée ouverte.

— Et toi ? fit Abigail à l'intention de Sydney.

— Je n'ai pas d'arme.

— C'est ce qu'on va voir.

Abigail s'empressa de l'inspecter. Winter jugea que c'était le moment idéal pour intervenir. Une autre occasion ne se présenterait pas. L'attention de la Psycho Girl n'étant plus dirigée sur lui, il pouvait donc tenter de se rapprocher, mais lentement et avec précaution. Il lui suffisait d'être suffisamment près pour s'élancer et la surprendre. Le filin d'acier enroulé autour de son poignet ne lui serait d'aucune utilité ; même en train de suffoquer, elle pouvait très bien faire feu. L'important, conclut-il, était de la maîtriser physiquement et de lui retirer son arme avant qu'elle n'ait le temps de réagir.

Winter parvint à effectuer les quelques pas nécessaires et s'apprêtait à bondir sur Abigail lorsque celle-ci tourna brusquement la tête. Elle avait senti sa présence. Winter s'en voulut d'avoir sous-estimé son instinct mais ne pouvait renoncer à son plan. Pas maintenant, alors qu'il était si près. Il ne fut pas assez rapide toutefois ; Abigail s'écarta de Sydney avec l'agilité d'un félin et braqua son arme sur la jeune femme plutôt que sur lui.

— Tu me déçois, Winter, dit-elle. J'ai bien envie de lui faire sauter la cervelle juste pour te donner une leçon.

— Ne fais pas ça, l'implora-t-il. Sydney n'a rien à voir là-dedans…

— Mais attends, je rêve ! fit Abigail avec un sourire malicieux. C'est bien le grand Winter Craine qui est en train de me supplier ? Alors, c'est vrai ce qu'on raconte : les Junkers vous transforment réellement en mauviettes ? Je suppose que ton cousin aussi en pince pour elle ? C'est pathétique.

Elle recula ensuite vers la Cadillac tout en désignant le cadavre de Lewis Strange.

— Mettez-le dans le coffre de la Jetta, dit la Psycho Girl à Matthew et Winter.

— Et ensuite ?

— Ensuite, nous irons faire une petite balade. J'ai prévu tout un programme pour toi aujourd'hui, Winter. Et on a déjà pris du retard, alors magnezvous. Personne ici n'a envie de frayer avec les nouveaux U. S. Ranchers de l'armée. Ce sont de vraies brutes, ces cow-boys. On les dit gonflés aux stéroïdes et capables de se mesurer à n'importe quel vilain. Même à toi, Roméo.

Winter fit signe à Matthew, et tous deux soulevè-
rent le corps de Lewis et le transportèrent jusque dans
le coffre arrière de la voiture allemande.

Leur besogne terminée, Matthew referma le coffre
et alla reprendre sa place auprès de Sydney. Quant à
Winter, il attendit, immobile, les nouvelles instructions d'Abigail.

— Vous deux, montez dans la Cadillac, ordonna-
t-elle en désignant Sydney et Winter, confirmant ainsi
les pires craintes de ce dernier.

Il repensa à Ashley qui était encore dans la maison,
et espéra qu'elle y demeure. Elle était le seul témoin,
la seule personne qui pouvait informer mademoiselle
Fox de ce qui leur était arrivé. Le numéro de son
assistante était désormais enregistré dans le téléphone
d'Ashley, il fallait simplement qu'elle songe à l'utiliser.
Géraldine saurait quoi faire. Elle disposait d'une liste
où figuraient les noms de tous les Jack O' Spades qui
avaient déjà travaillé pour Winter. Des prédateurs
redoutables, du même calibre que Duncan Redditch
et feu Johnny Fury, prêts à accomplir n'importe quel
boulot pour de l'argent. Dans le cas où Abigail déci-
derait de les conduire dans un endroit secret et isolé,
ces hommes prendraient tous les moyens nécessaires
pour les retrouver.

Winter regretta soudain d'avoir chassé Misha ; elle
aurait pu lui être fort utile aujourd'hui. Son ancienne
compagne était particulièrement douée dans ce genre
de situation. Elle possédait un flair incomparable et un
instinct des plus développés. Ses talents de limier
étaient supérieurs à ceux de tous les autres vilains qu'il
avait rencontrés jusque-là.

Cette éventuelle opération de sauvetage orchestrée par mademoiselle Fox n'était pas le meilleur choix ni le plus sûr, mais c'était la seule option que Winter envisageait pour le moment. Il aurait pu tenter encore une fois de s'opposer à Abigail – ce qu'il aurait fait en temps normal –, mais tant qu'elle menaçait de s'en prendre à Sydney, c'était risqué. Il fallait cesser de sous-estimer la Psycho Girl. Agile et méthodique, elle était parvenue à éliminer quatre hommes armés du Coronet avant sa fuite, un an auparavant. La puissance de Winter dépassait certainement la sienne, mais il n'était pas aussi rapide. Même s'il réussissait à désarmer Abigail, qu'adviendrait-il ensuite ? Elle n'hésiterait pas une seconde et se jetterait sur Sydney pour lui faire payer cet affront. Elle n'avait pas besoin d'un pistolet pour tuer ; la plupart des vilains pouvaient très bien le faire à mains nues.

Winter s'était promis de ne plus jamais mettre la vie de Sydney en danger. Ce serment l'obligeait à se montrer docile, à n'opposer aucune résistance. C'était d'ailleurs pour cette raison qu'Abigail comptait épargner Sydney : afin de tenir Winter en laisse. Du moins jusqu'à ce qu'elle ait exécuté sa vengeance. Car c'était bien de lui qu'elle voulait se venger, non de Sydney. Et pour parvenir à ses fins, elle comptait utiliser l'attachement qu'il éprouvait pour la jeune femme.

— Et moi ? fit aussitôt Matthew. Je ne vous accompagne pas ?

Sa réplique parut surprendre Abigail.

— Je te laisse la vie sauve, ça ne te suffit pas ?

— Je tiens à veiller sur Sydney.

La Psycho Girl se mit à rire.

— Ça, c'est le job de Winter. Toi, tu veilleras plutôt sur sa sœur jumelle.

Matthew et Sydney ne semblaient pas comprendre, contrairement à Winter, qui ne saisissait que trop bien.

— Ma sœur ? répéta Sydney. Où est-elle ?

— Jetez un coup d'œil à cette maison de l'autre côté de la rue, dit Abigail en désignant la résidence d'où Winter avait surgi. Celle avec le garage, vous la voyez ? Si je ne me trompe pas, Ashley s'y trouve toujours.

— Je veux la voir ! s'exclama Sydney. Je dois lui parler !

— Ce n'est pas prévu à l'horaire, malheureusement, rétorqua Abigail.

Sydney voulut insister, mais Winter secoua la tête pour l'en dissuader. « Pas maintenant », disait son regard.

Abigail poursuivit :

— Winter et elle se sont réfugiés là un peu plus tôt. Ils vous attendaient. C'est l'endroit idéal pour surveiller tout le quartier.

— Parlant de surveillance, intervint Winter, tu nous observes depuis combien de temps ?

— Depuis toujours, mon beau, se contenta-t-elle de répondre. Depuis toujours.

Puis elle s'adressa de nouveau à Matthew :

— Va retrouver Ashley, et explique-lui que je n'ai rien contre sa sœur, mais que ça pourrait bien changer si elle tente de me mettre des bâtons dans les roues. Et ça vaut pour toi aussi, Matty. Vous n'avez rien vu et vous ne parlerez à personne, surtout pas à Misha et aux autres complices de Winter. Car je sais qu'il en a, et pas qu'un seul. Vous oubliez la marque de ma voiture, ainsi que le numéro d'immatriculation, c'est compris ? Si vous vous tenez tranquilles, je te promets que tu reverras Sydney dès ce soir, en parfaite santé et avec tous ses membres.

— Que vas-tu faire de mon cousin ? demanda Matthew.

Abigail adressa un petit sourire à Winter.

— M'en débarrasser, répondit-elle avec enthousiasme. Comme il s'est débarrassé de ma mère. Ça te convient, j'espère ? De cette façon, tu récupères la Junker. Tu l'auras juste pour toi, sans aucun rival pour te la voler.

— Je ne suis pas son rival, affirma Winter.

— Ah non ? fit Abigail, amusée. J'aurais pourtant cru.

— Qu'est-ce que tu es alors ? demanda Matthew sur un ton méprisant.

Winter le vit serrer les poings. Il était prêt à lui bondir dessus. Jamais son cousin n'avait agi de cette manière auparavant. Il lui était déjà arrivé de se montrer bourru, mais pas agressif. Un truc ne tournait pas rond chez Matthew, Winter en était convaincu. Après réflexion, il conclut qu'une seule chose pouvait expliquer ce changement d'attitude : la privation de Serexène. Il n'était pas difficile de prévoir comment un vilain répertorié allait se comporter une fois les effets du calmant dissipés. La plupart se transformaient en tueurs sanguinaires. Leur instinct inné de prédateur, longuement réprimé, refaisait soudain surface et ils devenaient incontrôlables, comme Abigail. Winter la soupçonnait d'avoir accumulé les meurtres crapuleux durant la dernière année. Des exécutions arbitraires, commises sous l'impulsion du moment, sans aucun réflexe de prudence, simplement pour satisfaire son irrépressible envie de tuer. Une toxicomane constamment à la recherche de sa drogue. Winter, pour sa part, n'aurait profité que très brièvement de ses premiers mois de «liberté» sans l'aide et les conseils de Misha. Il aurait fini en prison ou assassiné par les flics, ou encore par des Psycho Boys du SRS. Misha avait été son guide, son mentor, et c'était à elle qu'il devait sa maîtrise d'aujourd'hui. Les répertoriés nouvellement libérés avaient besoin d'un tel parrainage, sans quoi ils risquaient de sombrer dans la folie. Pour Abigail, il était trop tard; elle agissait déjà comme une louve solitaire, imprudente et fougueuse. Ses jours étaient comptés. Les Ranchers de l'armée ne tarderaient pas à lui mettre la main dessus. Mais il y avait encore de l'espoir pour son cousin.

— Calme-toi, Matthew, lui dit Winter.

— Me calmer? C'est bien ce que tu viens de dire? Non mais, pour qui tu te prends? Je ne sais pas ce qui me retient de te régler ton compte, ici et maintenant!

— Matthew, ça suffit! intervint Sydney. Tu ne trouves pas que c'est assez difficile comme ça?

— Pourquoi le défends-tu? s'insurgea-t-il. C'est parce que tu l'aimes, hein? Allez, avoue-le qu'on en finisse!

— Il n'a pas pris son Serexène, expliqua Sydney à Winter.

— Je m'en doutais, répondit ce dernier.

— Et alors ? rétorqua Matthew. Winter n'en prend plus depuis des années. Il a tué des tas de gens, Sydney, et c'est encore lui que tu préfères ?

— Je ne préfère personne.

— Tu mens ! Tu m'as toujours menti ! Tu n'es qu'une sale menteuse, Sydney Fisher. Comment j'ai pu me laisser berner pendant tout ce temps ?

— Doucement, cousin, le prévint aussitôt Winter. Ne m'oblige pas à t'enseigner les bonnes manières.

— Essaie pour voir.

Si leurs échanges étaient parvenus à divertir Abigail pendant quelques instants, ce n'était plus le cas. Elle pointa son arme vers Matthew avec une intention claire, celle de lui rappeler qui menait le bal.

— Tire-toi d'ici, lui ordonna-t-elle. Et va retrouver Ashley.

— Sinon quoi ?

— Sinon je te plombe la cervelle, idiot. Tu as envie de mourir ? Je ne connais aucun Psycho qui soit suicidaire. Tous ceux que j'ai rencontrés préféraient prendre une vie plutôt que de perdre la leur.

Matthew ne trouva rien à répliquer. Il s'éloigna lentement en direction de la maison que lui avait indiquée Abigail un peu plus tôt.

— Faut se montrer ferme avec les mecs, précisa-t-elle à Sydney. J'aurais dû l'être davantage avec Winter lorsqu'il prétendait être mon petit copain !

Elle émit un petit rire semblable à un gloussement, puis désigna la Cadillac.

— Winter, tu montes à l'avant. Tu nous serviras de chauffeur. Sydney et moi, on s'installera toutes les deux à l'arrière, comme de vieilles copines. À la moindre manœuvre suspecte de ta part, je lui tranche la gorge. Je n'ai pas que ce pistolet, précisa-t-elle. J'ai aussi mon couteau fétiche, celui dont je me suis servie pour tuer Betty McCoy et les mecs du Coronet. Il ne me quitte jamais.

Winter obéit et prit place derrière le volant. Il attendit que les deux jeunes femmes soient assises sur la banquette arrière pour s'enquérir de leur destination.

— Démarre, répondit Abigail en rangeant son pistolet.

Elle sortit son couteau de pêche et appuya le bout de la lame contre la gorge de Sydney.

— Le premier amour reste toujours le plus grand, à ce qu'on raconte, murmura-t-elle en regardant intensément son couteau. C'est comme pour ton bracelet en filin, Winter. Tu devras d'ailleurs t'en séparer très bientôt, j'en ai peur.

— Tu ne m'as toujours pas dit où nous allions.

— Pas très loin. Et tâche d'éviter les nids-de-poule. Je ne voudrais pas abîmer ta copine par mégarde.

— Ne t'en fais pas, Syd, dit Winter à l'avant. Tout ira bien.

Ses yeux rencontrèrent ceux de Sydney dans le rétroviseur. La jeune femme paraissait calme et confiante.

— Je sais, répondit-elle.

Leur tête-à-tête fit sourire Abigail.

— Le mariage, c'est pour bientôt?

Winter et Sydney

Ils étaient de retour sur la route principale.

— Et maintenant ? fit Winter.

— Tu tournes à gauche dans Grimm Street, lui indiqua Abigail, juste avant l'église. Ça te rappelle des souvenirs, *Terry* ?

Ils retournaient donc chez Abigail. Enfin, chez sa mère. Claudia Turner et son mari, Edward Janssen, avaient en effet vécu dans Grimm Street à l'époque où Winter se faisait passer pour Terry Pentecost, le petit copain d'Abigail. C'était dans cette maison que Winter les avait assassinés. Leurs dépouilles avaient été découvertes par Abigail. Une vision sordide qui était à l'origine de sa révolte et qui l'incita plus tard à se débarrasser de son bracelet de repérage et à renoncer au Serexène. La suite n'était qu'un long enchaînement de meurtres et de défilades, jusqu'à ce qu'elle décide enfin de revenir à Fairy Lake pour y prendre sa revanche.

— Qu'as-tu fait des nouveaux propriétaires ? lui demanda Winter.

— Je suis une Psycho Girl, je te rappelle.

— As-tu caché les corps ?

— Tu t'inquiètes pour ta chérie ? Elle ne supporte pas la vue des cadavres ?

Winter ne répondit pas. Pas plus que Sydney, qui gardait la tête bien droite et le regard fixé vers l'avant. La lame toujours posée sur sa gorge la décourageait du moindre mouvement.

Lorsqu'il tourna dans Grimm Street, Winter enfouit discrètement la main dans la poche de son pantalon et tenta, du bout des doigts, de réinsérer la puce électronique dans le GPS appartenant au SRS. Cette tâche n'était pas des plus aisées. Il échoua à sa première tentative, mais persista et répéta la manœuvre. Ce ne fut qu'au quatrième essai qu'il parvint à jumeler les deux éléments. Il retira la main de sa poche en espérant que les circuits n'étaient pas endommagés et que l'appareil émettait de nouveau le signal de positionnement.

Inviter Lighthouse et ses hommes à se joindre à leur cavale n'était pas l'idée du siècle, mais c'était la seule chose qui pouvait créer une diversion suffisante pour leur permettre d'échapper à la vigilance d'Abigail. Quelques secondes, c'était tout ce dont Winter avait besoin pour mettre Sydney à l'abri, et peut-être pourrait-il aussi s'occuper de la Psycho Girl. Il avait commis une erreur un peu plus tôt en tentant de la surprendre, mais cette fois, il était prêt. Il n'était plus question de maîtriser qui que ce soit, mais bien de protéger Sydney, au prix de sa propre vie, s'il le fallait.

— Comment va ton père ? demanda Winter à Abigail. Aux dernières nouvelles, il n'était pas le plus grand supporteur des vilains. Tu lui as reparlé depuis ta conversion ?

Winter se rappela les paroles qu'avait prononcées Abigail au souper, l'année précédente, chez Claudia Turner et Edward Janssen : « Il paraissait si soulagé que je quitte Hartford, avait-elle dit au sujet de son père, que j'en suis venue à me demander s'il n'avait pas contacté lui-même le FBI pour demander mon transfert. »

— Tu sais qu'il était aussi agent de liaison pour le SRS à une certaine époque, tout comme ta mère ? continua-t-il. C'était avant qu'elle le largue pour Edward Janssen.

— La ferme, Winter.

— Même avec un bon salaire et d'excellents avantages, retourner sur le terrain n'a pas dû être facile pour lui. Et on comprend pourquoi il n'apprécie pas tellement les Psychos. Tu crois qu'il m'aurait laissé te fréquenter s'il avait su ?

— Nous y sommes, annonça Abigail sans se soucier de répondre à la question.

Winter reconnut facilement la maison. Il gara la Cadillac dans l'allée, mais n'éteignit pas le moteur. La porte du garage était ouverte. Comme il s'y attendait, Abigail lui ordonna d'y avancer la voiture.

Une fois dans le garage, la porte se referma automatiquement derrière eux. Abigail descendit la première, puis demanda à Sydney de l'imiter. Winter comprit qu'il devait demeurer dans la Cadillac jusqu'à ce qu'elles se soient suffisamment éloignées. Couteau sous la gorge, Sydney ne pouvait que se soumettre aux exigences de la Psycho Girl. Celle-ci l'entraînait rapidement vers une porte déjà ouverte, donnant dans la cuisine. Dès qu'elles en eurent franchi le seuil, Winter quitta la voiture à son tour et alla les rejoindre. Ils passèrent tous les trois dans la salle à manger, puis Abigail leur demanda de s'installer à chacune des extrémités de la table. Sur la surface plane du meuble étaient posés deux verres d'eau suintants.

— C'est pour nous, ces rafraîchissements ? demanda Winter en reculant sa chaise.

— Les psychopathes ne font pas toujours de mauvais hôtes, observa Abigail.

Sydney s'assit à son tour. Elle faisait face à Winter, qui lui adressait un sourire bienveillant. Abigail préféra rester debout, malgré les autres chaises disponibles. Elle rangea son pistolet dans la poche de son survêtement, mais conserva son couteau bien en vue dans sa main, non loin de Sydney.

— On ne sera pas dérangés, les informa-t-elle. Les nouveaux propriétaires dorment paisiblement là-haut, dans la chambre des maîtres.

— Tu les as tués il y a longtemps ? demanda Winter.

— Ma foi, tu me prends vraiment pour une idiote ! J'ai beaucoup appris durant la dernière année, Winter, même s'il n'y avait personne pour m'enseigner ce que j'avais besoin de savoir.

— Tu n'as pas répondu à ma question.

— Je les ai tués ce matin, après leur avoir gentiment demandé de prévenir leur patron qu'ils s'absentaient pour la journée. Je me suis également débarrassée des voitures. Ils n'ont pas d'enfant et aucun proche vivant dans la région. Quelques amis au boulot, bien sûr, mais qui ne s'inquiéteront pas avant demain. Ça te va ? Tu es satisfait ?

— Tu as tout prévu, à ce que je vois.

— Ça semble te décevoir, mon pauvre Winter.

— Aucun risque de visiteur impromptu, alors.

Il repensa à l'émetteur GPS dans sa poche et pria pour qu'il fonctionne. Avec tout ce qui se tramait, Lighthouse lui-même ne se trouvait peut-être pas à Fairy Lake, mais sans doute voudrait-il y dépêcher des hommes. Des Psycho Boys restés fidèles à leur chef, malgré l'intervention de l'armée et la dissolution du SRS, et chargés d'une seule mission : celle de retrouver Winter et de le tuer.

— Rien ne pourra nous interrompre, si c'est ce que tu espères, répondit Abigail.

« On verra », songea Winter.

— Alors, qu'as-tu prévu pour nous ? demanda-t-il en posant ses avant-bras sur la table. Tu nous prépares souper ?

Elle sourit.

— J'y ai pensé, tu sais. Un repas à la chandelle, rien que toi et moi, arrosé d'une bonne bouteille de vin. Comme ce serait romantique ! Tu aimes le tartare ? demanda-t-elle en jetant un bref coup d'œil à Sydney.

— De saumon et de bœuf, oui.

— Quand on cuisine, il faut se débrouiller avec ce qu'il y a dans le garde-manger, rétorqua Abigail. Tu n'as jamais goûté à la viande d'humain ?

Winter sourit à son tour.

— Dans la longue liste de victimes qu'on m'attribue, on trouve les noms de deux Psycho Boys cannibales. C'est que je ne supporte pas les mangeurs d'hommes, Abi.

— Ne m'appelle pas comme ça.

— D'accord, à condition que tu arrêtes de parler cuisine. Je ne suis pas en appétit et Sydney non plus.

— Une petite soif, alors ? dit-elle en désignant les deux verres d'eau.

— J'ai l'impression qu'il n'y a pas que de l'eau dans ces verres, je me trompe ?

Abigail se mit à rire.

— Tu es si intelligent, Winter. Je suis presque jalouse. Allez, buvez.

— Et si nous refusons ?

Elle leva le bras de façon à positionner la lame de son couteau au-dessus de Sydney. Un seul mouvement vers le bas et la lame transperçait son crâne.

— Tu veux une démonstration ?

— Non, tu m'as convaincu, répondit Winter.

Il prit le verre d'eau qui était devant lui et l'approcha de ses lèvres.

— Ne t'inquiète pas, dit-il à Sydney. Ce n'est probablement qu'un somnifère.

La jeune femme acquiesça tout en saisissant l'autre verre. Ils avalèrent le liquide ensemble, sans se quitter des yeux, puis reposèrent les verres sur la table. Winter savait que la fatigue les gagnerait bientôt. Allait-il revoir Sydney à son réveil ? Allait-il seulement se réveiller ?

— Je t'aime, articula-t-il à voix basse, de manière à ce que Sydney puisse lire sur ses lèvres.

La réponse qu'il attendait ne fut pas longue à venir. Elle lui adressa un de ses plus tendres sourires. Le même sourire qui était apparu sur son visage lorsqu'il lui avait offert la boule à neige, cinq ans auparavant.

Sydney avait alors agité la boule et les cristaux s'étaient dispersés, pour ensuite retomber doucement sur le paysage austral. Un décor d'hiver, uniquement réchauffé par la chute des flocons, chacun d'entre eux représentant un sourire, un regard ou un toucher. Alors que ses paupières s'alourdissaient de plus en plus, Winter songea aux vers d'un poème que lui récitait parfois Sydney, les soirs de tempête ; c'était pour cette raison qu'il lui avait fait cadeau de la boule à neige : « Le printemps succède à l'hiver, chuchotait-elle au creux de son oreille. Entre ciel et terre, ils se disent au revoir, avec tristesse toujours, mais le cœur attendri, car à la prochaine saison des amours, ils sont promis à des retrouvailles. »

Winter et Abigail

Winter sut qu'il ne se trouvait plus dans la salle à manger avant même d'ouvrir les yeux. L'odeur d'humidité et de moisissure, omniprésente, contribuait à aggraver sa nausée, avant tout causée par la forte migraine qui lui vrillait le crâne, vestige du puissant somnifère qu'Abigail lui avait fait absorber.

Ses yeux mirent du temps à s'habituer à la pénombre. Il réalisa qu'elle l'avait transporté au sous-sol, ce qui expliquait l'odeur. Une femme normale aurait dû déployer des efforts considérables pour le déplacer jusque-là sans aide, mais pas une Psycho Girl.

Elle l'avait installé dans un fauteuil rembourré et plutôt confortable. Il était libre de ses mouvements : ses bras et ses jambes n'étaient entravés d'aucune manière. Dans sa main, quelque chose de froid. Le métal d'une arme à feu, réalisa-t-il en baissant les yeux. Elle avait retiré le bracelet de filin passé à son poignet pour le remplacer par un pistolet revolver. Mais pourquoi ?... Il s'agissait d'une arme à six coups de type Colt, équipée d'un court canon de 51 millimètres. Winter dégagea le barillet et nota qu'une seule balle y était logée.

Quelqu'un alluma enfin. La lumière provenait d'une unique ampoule, suspendue précairement au plafond. Ce fut là qu'il les aperçut toutes les deux. Abigail se tenait debout au fond de la pièce. Un masque de protection respiratoire à large visière recouvrait tout son visage, comme en portent les techniciens qui manipulent des produits chimiques et autres substances toxiques. Dans sa main, elle retenait un câble de couleur rouge, qui montait en diagonale jusqu'à une poulie, puis redescendait en ligne droite. À l'autre bout du câble se balançait un corps, celui de Sydney. La tête en bas, elle portait également un masque de protection et tournoyait au-dessus d'un bassin en plastique rempli d'un liquide clair ressemblant à de l'eau, quoique plus huileux. Mais ce n'était pas de l'eau, et ce bassin n'était pas constitué d'un plastique quelconque, mais bien de polyoléfine thermoplastique. Winter avait déjà utilisé cette technique pour se débarrasser de cadavres encombrants.

— Acide sulfurique, déclara Abigail, comme si elle avait lu dans ses pensées. Inodore, mais sacrément corrosif. La simple inhalation de ce truc peut réduire vos poumons en bouillie.

Ce qui expliquait pourquoi elle n'avait pas cru bon d'équiper Winter d'un masque respiratoire, comme elle l'avait fait pour Sydney. Elle souhaitait qu'il demeure là où il était. Pas question qu'il s'approche.

— Il y a une seule balle dans ton arme, Winter, dit Abigail à travers son masque. Que tu peux employer à ta guise. À qui sera-t-elle destinée? À Sydney, à toi-même ou à moi? Mais attends, il y a des règles: si tu l'utilises pour te brûler la cervelle, je lâche le câble et

Sydney plonge dans le bain d'acide. Si tu t'en sers pour me tuer, je laisse aussi filer le câble et ta chérie finit en soupe minestrone. En fait, tu n'as qu'une option.

Winter resserra sa prise sur le Colt et le braqua sur Abigail.

— Réfléchis bien, Winter, lui conseilla-t-elle.

— Je ne tuerai pas Sydney.

— Quoi qu'il arrive, elle meurt. À toi de décider comment. Tu lui éviterais bien des souffrances en lui logeant une balle dans la tête. L'acide sulfurique arrive à dissoudre la plupart des matières organiques. Tu ne peux imaginer les dommages qu'il inflige au corps humain. Il traverse la peau et s'en prend aux os ainsi qu'aux vaisseaux sanguins. Il détruit les yeux, le cœur, les poumons et tous les…

— Je sais déjà tout ça, la coupa Winter.

— Parfait ! Alors ça devrait te convaincre d'opter pour la manière douce, non ?

— Et que fais-tu de ta promesse à Matthew ? Tu lui as dit qu'il reverrait Sydney ce soir, saine et sauve.

— J'ai vraiment dit ça ?

— Tout à fait.

Elle haussa les épaules.

— Je ne m'en souviens pas. Un trou de mémoire, ça arrive à tout le monde.

Ce petit jeu l'amusait, ce qui n'étonna pas Winter.

— D'accord, dit-il en se levant du fauteuil.

Son arme était toujours dirigée vers Abigail. Il fit quelques pas en direction du bassin, mais dut s'arrêter prématurément à cause des vapeurs d'acide. Il parvenait tout de même à discerner les traits de Sydney. Ses yeux étaient grands ouverts et elle paraissait avoir de la difficulté à respirer, malgré le masque. « Elle est terrifiée », se dit Winter. Qui ne l'aurait pas été dans sa position ?

— Je ne la tuerai pas, répéta-t-il.

— Bien sûr que tu le feras, affirma Abigail. Comme tu as tué ma mère et mon beau-père. Tu le feras parce que tu n'as pas d'autre choix.

— Et qu'arrivera-t-il ensuite ?

— Ensuite je te tuerai, répondit Abigail en exhibant le pistolet qu'elle tenait dans son autre main, et je te ferai mariner à ton tour dans la sauce piquante.

Il y eut un silence, puis elle ajouta :

— Les jeux sont faits, Winter. Tu ne peux pas gagner.

Un bruit résonna alors à l'étage. Quelqu'un s'était introduit dans la maison. Plusieurs personnes, en fait, si l'on se fiait aux pas, nombreux, qui retentissaient sur le plancher. Des pas pressés qui se précipitaient dans tous les sens, accompagnés de cris et d'exclamations incompréhensibles. « Ce genre d'intervention, ça ne ressemble pas à Lighthouse et aux hommes du SRS », se dit aussitôt Winter. Habituellement, ces derniers opéraient de manière discrète, préférant bénéficier de l'élément de surprise.

— Il faudra remettre tes projets d'exécution à plus tard, dit Winter. Il est temps de s'entraider.

— Faire équipe avec toi ? Tu rigoles ?

— Ce sont les U. S. Ranchers qui viennent de débarquer là-haut. Tu as envie de finir tes jours à Psycho Land ?

Le signal émis par le GPS avait-il été intercepté par l'armée ? C'était possible, mais Winter en doutait. Le scénario le plus plausible, c'était que les Ranchers effectuaient des descentes dans chacune des maisons où vivait ou avait vécu un vilain. Et comme celle-ci avait appartenu à Claudia Turner, mère d'Abigail Turner – une Psycho Girl fugitive activement recherchée –, il fallait évidemment s'attendre à ce qu'elle soit contrôlée. La mère de Matthew et les parents de Lewis Strange avaient certainement reçu la visite de l'armée, eux aussi.

— Je pourrais lâcher le câble, te trouer la peau et déguerpir ensuite, dit Abigail en jetant un coup d'œil vers Sydney.

— C'est un risque à prendre, répondit Winter. Tu oublies toutefois que j'ai aussi une arme, et que je suis un excellent tireur. Je ne possède ni ta rapidité ni ton agilité, mais je suis sacrément robuste. Que je sois touché ou non par tes projectiles n'a pas d'importance : l'unique balle que contient ce Colt sera pour toi, je peux te l'assurer.

Abigail baissa un instant les yeux, en ayant l'air de réfléchir. Elle hésitait, c'était évident. Le vacarme et les cris provenant du rez-de-chaussée s'amplifiaient sans cesse. Ce n'était plus qu'une question de temps avant que les hommes ne descendent au sous-sol.

— Il n'y a plus une seconde à perdre, insista Winter. Soit on s'entretue, soit on fout le camp d'ici. Tu disais toi-même ne connaître aucun Psycho qui soit suicidaire. Prendre une vie plutôt que perdre la sienne, ce sont tes propres paroles.

— Comment puis-je être certaine que tu ne me tueras pas lorsque j'aurai libéré Sydney ?

— Tu ne peux pas. Mais une chose est sûre : si nous restons là à discuter, nous finirons tous les deux en prison. Et je peux t'assurer que là-bas, je ferai de ta vie un enfer. Ce sera mon unique but dans l'existence, tu comprends ?

Nouveau silence.

— Merde !... fit Abigail.

Elle rangea finalement son arme puis retira son masque de protection, qu'elle lança à Winter.

— Tu en auras besoin.

Winter glissa le Colt dans sa poche et installa en vitesse le masque sur son visage. Une fois arrivé au bassin, il stabilisa Sydney, puis passa un bras sous sa nuque. Il leva ensuite son autre bras et plaqua sa main contre les reins de la jeune femme, de façon à la soutenir lorsqu'elle passerait de la verticale à l'horizontale.

— Tu peux y aller, dit-il à Abigail.

La Psycho Girl laissa filer doucement le câble, jusqu'à qu'il y ait assez de jeu pour permettre à Winter d'accueillir Sydney dans ses bras. À peine une trentaine de centimètres séparaient les avant-bras de Winter de la surface du bassin. Sentant les émanations de l'acide sur sa peau, il recula de quelques pas, puis s'empressa de retirer le câble passé autour des chevilles de Sydney. Il la transporta ensuite à l'autre bout de la pièce. Winter retira le masque de la jeune femme avant d'enlever le sien.

— Sydney, est-ce que ça va ?

Elle ne répondit pas, visiblement encore sous le choc, mais hocha la tête pour le rassurer.

Du coin de l'œil, Winter remarqua qu'Abigail avait repris son pistolet automatique. Était-ce seulement par mesure préventive ou souhaitait-elle s'en servir contre eux ? Il ne put y réfléchir bien longtemps. Quatre militaires vêtus de combinaisons noires et armés de fusils-mitrailleurs surgirent dans l'escalier.

— Abigail… murmura Winter assez fort pour qu'elle entende. Il y a une autre sortie ?

Du bout de son arme, Abigail lui indiqua une porte en bois située à quelques mètres de lui, derrière le fauteuil qu'il avait occupé un peu plus tôt. Elle était peinte en brun foncé, ce qui la rendait à peine visible de l'endroit où se tenait Winter.

— Elle mène à la cour arrière ! lui dit Abigail.

— Ne bougez pas ! ordonna un des hommes en noir. Restez où vous êtes !

Ils étaient découverts. Abigail n'hésita pas un seul instant. Elle pointa son 9 mm vers les militaires et fit feu à plusieurs reprises dans leur direction. Le premier homme touché fut celui qui avait lancé les ordres. Son corps inanimé débaula les marches et alla s'écraser contre le ciment froid du plancher. Les trois autres hommes prirent Abigail pour cible et commencèrent à tirer. Avec adresse, la Psycho Girl parvint à éviter chacune de leurs salves. « Bon sang qu'elle est rapide ! » songea Winter avec une pointe d'admiration en la voyant esquiver les rafales qui pleuvaient sur elle. Il ne se souvenait pas d'avoir rencontré d'autres vilains aussi alertes.

Cet affrontement était l'occasion que Winter attendait. Il souleva Sydney et courut jusqu'à la porte, pendant que l'échange de coups de feu se poursuivait entre Abigail et les cow-boys de l'armée. Une fois la porte ouverte, il passa avec Sydney dans l'autre pièce et réalisa qu'ils se trouvaient à présent dans une chambre froide servant à entreposer des légumes et conserves de toutes sortes. Un petit escalier de trois marches conduisait à une autre porte, beaucoup plus large que la précédente. De l'autre côté devait se trouver la cour arrière, Winter en était convaincu.

Il y eut encore des coups de feu, suivis de cris de douleur. Winter fut incapable d'identifier l'origine de ces gémissements. Provenaient-ils d'Abigail ou des militaires ? À vrai dire, cela lui importait peu. L'essentiel pour le moment était de quitter cet endroit et de mettre Sydney à l'abri. La résidence était-elle encerclée ? Avait-on envoyé des hommes inspecter la cour ? Sans doute, mais Winter n'avait pas l'intention de se laisser arrêter par cette possibilité. Il valait mieux, de toute façon, sortir de cette maison que d'y rester.

— Je peux marcher, lui dit Sydney.

— Tu en es certaine ?

— Pose-moi par terre.

Winter accepta à contrecœur. Sydney était pâle et semblait fiévreuse. En d'autres circonstances, il aurait refusé de lui obéir, mais pas aujourd'hui. Il avait besoin d'avoir les bras et les mains libres pour se mesurer aux militaires expérimentés qui les attendaient peut-être à l'extérieur.

Winter déverrouilla la porte et l'ouvrit lentement. Il jeta un coup d'œil dans la cour arrière par l'entrebâillement, mais ne vit rien. Le terrain était dégagé. Si des Ranchers s'étaient tenus là quelques instants plus tôt, ce n'était plus le cas à présent. Le détachement entier avait dû être alerté par les échanges de coups de feu. Ignorant que les tirs provenaient de la cave, les sentinelles avaient quitté leur position pour rejoindre leurs collègues à l'intérieur de la maison plutôt que d'enfoncer cette porte, ce qui aurait été la meilleure tactique à adopter.

— C'est bon, fit Winter. On peut y aller. Mais il faut faire vite.

Ils s'apprêtaient à quitter enfin la chambre froide lorsque Abigail fit son entrée dans la pièce, arme au poing. Les tirs avaient cessé de l'autre côté de la porte, mais Winter ne le réalisa qu'à cet instant.

— Mais qu'est-ce que vous foutez? s'exclama-t-elle. J'ai descendu six de ces connards. Les autres sont plus prudents, mais ne tarderont pas à envahir la cave et je suis à court de munitions. Il faut se tirer d'ici prompto!

Winter sortit le Colt de sa poche et le braqua sur elle.

— Une balle, une seule, et elle est pour toi.

— Non… attends… tu ne peux pas! protesta Abigail. Tu as dit qu'il fallait s'entraider!

— J'ai vraiment dit ça?

— Espèce de salaud.

Winter haussa les épaules, puis répondit:

— Un trou de mémoire, ça arrive à tout le monde.

Il appuya sur la détente, mais n'atteignit pas Abigail au cœur comme il l'avait prévu. La Psycho Girl s'étant écartée au dernier moment, la balle se logea dans son épaule. Sans perdre une seconde, Winter se débarrassa de son arme, puis bondit du haut des marches et se jeta sur Abigail. Il l'agrippa par ses vêtements et usa de toute sa force pour la repousser dans le sous-sol. Elle vola à travers l'encadrement de la porte qu'elle venait de franchir et alla rouler sur le plancher de ciment. Elle eut à peine le temps de relever la tête que Winter était déjà sur elle. Il la força à se relever puis l'entraîna jusqu'au bassin.

— Non ! Tu ne peux pas faire ça ! cria-t-elle en comprenant ce qu'il avait en tête.

— Je vais me gêner, tiens ! répondit Winter.

Abigail était rapide, certes, mais sa force physique ne pouvait rivaliser avec celle de Winter. Elle tenta de se débattre pour échapper à sa prise, mais c'était peine perdue. Winter s'arrêta à quelques mètres du bassin et la poussa violemment en direction de celui-ci. Elle heurta une des parois puis bascula vers l'avant. La moitié gauche de son corps plongea dans l'acide. Elle poussa un hurlement lorsque sa chair entra en contact avec le liquide corrosif, mais parvint tout de même à se redresser et à s'en éloigner, ce que n'aurait jamais pu faire un humain normal. Contrairement à ce que l'on voyait dans les films de mafia et d'espionnage, l'acide sulfurique mettait plusieurs jours à dissoudre un corps. Et encore, il arrivait qu'on y retrouve des résidus osseux. Un contact rapproché ou prolongé pouvait néanmoins causer à l'organisme des dommages irréparables, et très souvent mortels. Les blessures d'Abigail étaient graves, selon l'évaluation de Winter, mais elle survivrait.

Elle vacilla un instant sur ses jambes, le regard fixe et vide, puis finit par s'écrouler au sol. La douleur intense de ses multiples brûlures au visage et aux membres lui fit perdre connaissance. Elle en avait pour quelques heures dans les vapes, se dit Winter en faisant demi-tour. Le réveil serait brutal et pénible cependant.

En rebroussant chemin, il vit six cadavres dans l'escalier menant au rez-de-chaussée – ceux des militaires qu'Abigail avait abattus. Parmi eux, les corps des quatre premiers cow-boys qui étaient descendus à la cave. Deux autres s'étaient ajoutés ensuite, sans doute venus en renfort. Aucun autre Rancher ne s'était risqué depuis, mais comme l'avait affirmé Abigail, ce n'était qu'une question de temps avant que des secours ne surgissent.

— "*If it ain't dirty, it ain't fun*", déclara Winter, citant un cow-boy de sa connaissance.

Une fois de retour dans la chambre froide, il alla vite rejoindre Sydney qui l'attendait toujours devant la porte donnant sur l'extérieur. Main dans la main, ils sortirent de la maison et se précipitèrent en direction de la propriété voisine, abandonnant Abigail aux United States Army Ranchers.

Sydney et Winter

— Avec un peu de chance, dit Winter en courant, ils croiront qu'Abigail était la seule Psycho présente sur place.

Sydney n'était pas du même avis.

— Après ce que tu lui as fait, elle ne se privera pas de leur dire que nous étions là aussi.

— Ouais, mais seulement lorsqu'elle aura repris conscience. D'ici là, nous aurons trouvé un moyen de fuir le quartier en toute sécurité.

La maison du plus proche voisin n'était qu'à une centaine de mètres. Le trajet fut vite parcouru entre les deux cours arrière. Winter et Sydney s'arrêtèrent au pied de l'escalier menant au balcon.

— T'étais vraiment obligé de lui faire ça ? demanda-t-elle.

La question surprit Winter.

— Tu me reproches de l'avoir trahie ? On ne pouvait pas lui faire confiance, Sydney. À la première occasion, Abigail nous aurait piégés et tués.

— Ce n'est pas ce que j'ai dit.

— Qu'as-tu dit alors ?

Plutôt que de répondre, Sydney grimpa les marches. Winter se hâta de la suivre. Devant eux, deux portes-fenêtres. Sydney posa ses mains en coupe sur l'une d'entre elles afin d'examiner l'intérieur de la résidence.

— Il faut être prudent, dit Winter, il y a peut-être des gens ici.

— Tu n'auras qu'à les tuer, rétorqua Sydney. C'est ta spécialité, non ?

— Alors, c'est ça que tu me reproches, hein ? D'avoir voulu tuer Abigail Turner ? Je te rappelle qu'elle voulait se servir de toi pour assaisonner son bouillon, ma chérie.

— Ça n'a aucun rapport avec elle. C'est toi, Winter.

— Moi ?

— L'idée que… que tu puisses…

— Assassiner des gens ?

— Oui. Ça m'est insupportable.

— Ça t'embête si on en discute plus tard ? Il y a un régiment de militaires à deux pas d'ici qui ne souhaitent qu'une chose : mettre la main au collet du plus grand nombre possible de vilains, incluant ma propre personne.

Winter tira suffisamment fort sur le châssis de la première porte-fenêtre pour l'arracher à son verrou intérieur. La porte glissa sur son rail, libérant ainsi la voie. Ils se faufilèrent tous les deux dans la maison, puis s'assurèrent que l'endroit était inoccupé.

— Ils sont probablement au boulot, observa Winter.

Une fois que toutes les pièces eurent été inspectées, il retourna au salon en compagnie de Sydney et s'accroupit près d'une fenêtre qui donnait sur l'ancienne résidence des Turner. Sydney demeura debout, légèrement en retrait.

— Ils sont encore là, dit Winter en apercevant deux véhicules militaires garés dans la rue.

Il plongea la main dans sa poche et constata que l'émetteur GPS s'y trouvait toujours. Abigail ne le lui avait pas pris. L'avait-elle seulement fouillé lorsqu'il était inconscient, pour savoir ce qu'il cachait sur lui ? Il ne le croyait pas, non. Son empressement à les châtier, Sydney et lui, était sans doute la cause de sa négligence. «J'ai beaucoup appris durant la dernière année», avait-elle soutenu plus tôt. «Pas suffisamment, de toute évidence», songea Winter en sortant l'émetteur de sa poche. Il retira la puce du dispositif, interrompant ainsi le signal pour la deuxième fois.

— C'est quoi ce truc ? lui demanda Sydney.

— Un appareil de positionnement, utilisé par le SRS.

— Ils peuvent nous trouver grâce à ça ?

Elle se montrait de plus en plus nerveuse.

— T'en fais pas, je l'ai désactivé, lui assura Winter.

— On ne peut pas rester ici.

— Où veux-tu aller ? Tu veux qu'on déniche une autre planque ? Ailleurs, les occupants seront peut-être à la maison, avec toute leur famille. C'est trop risqué. Et puis, on ne peut pas gambader comme ça dans les rues, on se fera remarquer.

— Et si les types de l'armée décidaient de fouiller tout le quartier ?

— Raison de plus de ne pas bouger, soutint Winter. Il vaut mieux se tenir tranquilles et attendre les secours.

— Les secours ? Quels secours ?

— Passe-moi le téléphone, là, sur la table.

Dès qu'il eut le combiné en main, Winter composa le numéro de mademoiselle Fox.

— Je suis avec Sydney, dit-il à son assistante lorsqu'elle répondit, et nous avons besoin d'un sérieux coup de main.

— Je suis au courant, révéla mademoiselle Fox. La sœur de Sydney m'a téléphoné plus tôt pour m'en informer.

Ashley et Matthew n'avaient donc pas cédé aux menaces d'Abigail.

— Comme elle ignorait où vous vous trouviez, poursuivit Géraldine, j'ai pris sur moi d'envoyer une équipe à Fairy Lake, au cas où.

— Qui avez-vous embauché ?

— Personne, monsieur.

— Quoi ?

La femme hésita.

— J'ai prévenu Misha et Duncan, avoua-t-elle. Ils sont déjà en route et ne devraient plus tarder à présent.

— Mais… pourquoi eux ?

— Lorsqu'elle a su que l'armée était à Fairy Lake, Misha m'a contactée pour connaître votre situation. Elle s'inquiétait, monsieur. Je lui ai répété ce qu'Ashley m'avait confié, et nous avons convenu que c'était la meilleure solution.

— Vous saviez que je ne serais pas d'accord, pourtant.

— Dois-je les rappeler et envoyer quelqu'un d'autre, monsieur ?

Winter ne répondit pas tout de suite. Après réflexion, il déclara :

— Nous sommes dans Grimm Street. Au 348, je crois. Dites à Misha de faire gaffe aux Ranchers. Un de leurs détachements se trouve en ce moment au 346. Il est préférable qu'elle prenne par Chaucer Street et non par la route principale.

— Entendu, monsieur. Je lui ferai le message. Bonne chance.

— Et Fiona ?

— Elle se porte très bien, ne vous en faites pas. J'ai pris une chambre au Hilton de Hartford. À part vous, personne ne sait que nous sommes ici, pas même Misha.

— Parfait. Que ça reste ainsi.

Winter coupa la communication et remit le combiné à Sydney.

— Ils seront bientôt là, lui dit-il.

— Qui ça ?

— Des amis à moi. Tu connais déjà Misha. L'autre s'appelle Duncan. Je l'emploie parfois pour effectuer de petits boulots.

— Tu as bien dit Misha, hein ?

Cette Psycho Girl, Sydney ne l'avait rencontrée qu'une seule fois, mais ce souvenir resterait gravé à jamais dans sa mémoire. C'était le jour de son quatorzième anniversaire, le jour même où Max Pellerin avait tenté de l'agresser derrière le garage municipal de Fairy Lake. Heureusement, Winter était intervenu pour l'arrêter. À ce moment-là, Sydney ignorait encore que son amoureux avait prévu de quitter la ville en compagnie d'une autre fille, et surtout qu'elle ne le reverrait pas avant quatre ans. «Il s'est joint au clan des prédateurs et il est promis à un bel avenir, lui avait révélé Misha pendant que Winter infligeait à Max une bonne correction. Regarde-le, ma chérie : Winter Craine fait partie de ceux qui marqueront l'histoire. Tu seras fière de l'avoir connu.» Un peu avant, la Psycho Girl lui avait tendu le bracelet de repérage de Winter, celui qu'il portait habituellement à la cheville. Retirer son bracelet était une grave infraction que ne commettaient que les vilains fugitifs. Winter serait donc désormais considéré comme un Jack O' Spades par les différentes autorités du pays. Ses jours à Fairy Lake étaient comptés. Convaincue que Misha n'était pas étrangère à cette situation, Sydney l'avait suppliée de ne pas lui enlever Winter. «Il est trop tard, avait répondu Misha. Un vilain libéré préférera mourir plutôt que de redevenir esclave. Il est à moi, maintenant.» Quelques années plus tard, lorsque Sydney avait demandé à Winter si Misha et lui avaient été amants, le garçon n'avait pas répondu.

— T'as un problème avec Misha ?

La question de Winter la tira de ses pensées.

— Non, pas du tout, répondit Sydney plus fermement qu'elle ne l'aurait voulu.

— Tu mens. Tu es jalouse, je le vois bien.

— Ne prends pas tes rêves pour la réalité, Winter.

Il se mit à rire.

— Tu m'aimes, je le sais, lâcha-t-il.

— J'aime Matthew.

— Tu l'aimes bien, oui, mais pas comme tu m'aimes moi.

— Ah, d'accord. Et je t'aime comment, d'après toi ?

— À la folie, bien sûr.

La jeune femme ne put s'empêcher de sourire.

— Toujours aussi romantique, à ce que je vois.

Il s'éloigna de la fenêtre pour se rapprocher de Sydney. Cette dernière ne bougea pas, à part pour relever le menton, seule façon de garder le contact visuel avec Winter qui la dominait d'une bonne tête. Tous les deux se faisaient face à présent, séparés par quelques centimètres à peine. Leurs regards étaient toujours fixés l'un sur l'autre. Celui de Winter exprimait une infinie tendresse, tandis que celui de Sydney inspirait la défiance.

— Qu'est-ce que tu veux, Winter ?

— Tu le sais très bien.

— Tu crois que si on s'embrasse, tout sera réglé ?

— Je crois que si on s'embrasse, on aura vite envie de recommencer.

Elle secoua la tête.

— Ne fais pas ça. Ne nous impose pas ça.

— Un jour, je t'ai dit que mes sentiments pour toi n'avaient pas d'importance. Je me trompais. Je t'aime, Sydney. Je t'ai toujours aimée.

— Je sais.

Elle marqua un temps, puis ajouta :

— Mais seulement parce que je suis une Junker.

— Tu n'es pas que ça.

La jeune femme acquiesça, sans grande conviction.

— Qu'est-il arrivé aux autres Junkers ?

— Ils sont morts, répondit Winter.

— Comment le sais-tu ?

— Mon informateur me l'a confirmé.

— Tu as un informateur ?

Il hésita un bref moment, puis répondit :

— Il se fait appeler Archibald ou Archie, mais son vrai nom est Steve Andrews. C'est le père d'Abigail Turner. Il travaille pour le SRS depuis des années. Récemment, il a été recruté par le FBI pour espionner ses patrons.

— Quoi ?... Attends, tu as bien dit Steve Andrews ?

Winter approuva d'un signe de tête.

— Il a essayé de nous tuer ! s'exclama Sydney. Matthew et moi ! C'est lui que le SRS a envoyé pour nous éliminer ! Il ne peut pas travailler pour le FBI !

— Il aurait peut-être tué Matthew, mais certainement pas toi.

— Non, je t'assure qu'il voulait nous tuer tous les deux !

— Il déteste tous les vilains, à part peut-être moi. Et encore, je n'en suis pas sûr. Les dirigeants du SRS lui font confiance parce qu'il a une fille Psycho Girl, mais ils font erreur : il la méprise tout autant que les autres, sinon plus. Il n'a rien contre les Junkers et leur jumeau, cependant. Du moins, c'est ce que je crois. Descendre Matthew ne lui aurait causé aucun problème, je te le répète. Mais en ce qui te concerne...

— Il pointait son arme sur moi, je te dis ! insista Sydney.

— Tu n'as senti aucune réticence de sa part ?

Oui, il avait hésité, Sydney s'en souvenait et devait l'admettre. Mais cela signifiait-il pour autant qu'il n'avait pas eu l'intention de la tuer ? Elle n'en était pas convaincue.

— Andrews n'a jamais accepté que sa femme le laisse tomber pour Edward Janssen, poursuivit Winter. Il travaillait pour le SRS, tout comme Claudia Turner. Au moment de leur séparation, il a volé les données de Nascera Pharma que Janssen avait confiées à sa femme. Des données concernant les Junkers et leurs mères.

Il s'interrompit un bref moment, puis ajouta :

— Andrews savait que je travaillais avec le Coronet, et c'est lui-même qui m'a mis sur la piste de Claudia Turner et Edward Janssen. Il m'a aussi arrangé le coup avec Abigail, sa fille. Il m'a fourni des informations concernant ses allées et venues. C'est comme ça que j'ai pu la rencontrer et la séduire. Il s'est même chargé de faire transférer Abigail à Fairy Lake, avec l'aide du FBI, afin que je la suive là-bas et que je confronte Janssen au sujet des trois Premiers. Et ce n'est pas tout : il pensait, tout comme moi, qu'il y avait une taupe du SRS infiltrée au sein du Coronet. En fait, c'était beaucoup plus qu'une taupe. Le type qui informait le SRS était nul autre que Peter Lighthouse.

— Quoi ?

— C'est un faux nom, affirma Winter. En vérité, il s'appelle Mason. C'est lui qui a tout orchestré pour le compte du SRS.

Lui révéler que Mason était le frère de Misha était inutile pour le moment et ne contribuerait qu'à accentuer la méfiance de Sydney à l'égard de la jeune femme.

Sans aucune allusion à ce lien de parenté, Winter reprit donc :

— Lighthouse attendait que tous les Junkers soient sous la protection du Coronet avant d'ordonner leur exécution, ce qui explique les événements d'hier soir. Il nous a trahis, Sydney. Lighthouse est un Premier. Le plus dangereux d'entre tous. Je dois me débarrasser de lui avant qu'il ne se débarrasse de nous.

— Tout d'abord, il y a eu Joshua Troy, l'agent du FBI, résuma Sydney, puis Peter Lighthouse. Tu as déjà dit qu'ils étaient trois, non ?

— Le troisième, c'était Hanson Crow, l'un des hauts dirigeants du SRS. Ne t'inquiète pas, il ne peut plus nous causer d'ennuis.

— Tu l'as tué ?

— Je n'ai pas eu le choix. Ça valait mieux pour tout le monde.

Sydney hocha la tête d'un air résigné ; elle ne s'attendait pas à une autre réponse de sa part. Du point de vue d'un Psycho Boy, toutes les raisons étaient bonnes pour tuer.

— Ce nom, Crow, il m'est familier, observa-t-elle ensuite.

— Le contraire aurait été étonnant. C'est le garçon qui a essayé de vous noyer, ta sœur et toi, dans le lac Fairy, il y a plusieurs années. C'est mon père qui est venu à votre secours ce jour-là.

— Oui, je me rappelle ! Hanson était plus vieux que nous. Il venait parfois à la maison. Ma mère lui donnait des cours de chant. Mais ce n'était pas un Psycho Boy. Il n'avait pas leur âge et ne portait pas de bracelet de repérage.

— Je te l'ai déjà dit, les Premiers font partie d'une autre génération de vilains. La toute première, en fait. Leurs mères ont servi de cobayes six ans avant les nôtres. Ils n'ont jamais été répertoriés. La plupart des gens ignorent même jusqu'à leur existence. Seul Edward Janssen et quelques membres du SRS étaient au courant de leurs véritables origines.

— C'était un garçon aimable et gentil… déclara Sydney qui réfléchissait tout haut. Du moins, selon mes souvenirs.

— Pourquoi vous a-t-il entraînées sur le lac ?

— Il souhaitait que je l'accompagne pour une balade. À cette époque, Ash et moi étions encore inséparables, c'est pourquoi elle est venue aussi.

— Hansen était amoureux de toi, expliqua Winter. Sans doute le trouvais-tu attirant aussi. Mais il était incapable de composer avec ce genre d'émotions. C'était beaucoup trop pour lui. Voilà pourquoi il a essayé de se débarrasser de toi.

— L'amour qui tue, hein ? fit Sydney, ne sachant pas si elle devait rire ou pleurer.

— Certains Psycho Boys ne sont pas faits pour aimer.

— Et toi ?

— Moi, je ne demande que cela.

Misha et Winter

Des grondements de moteur se firent entendre à l'extérieur. Par la fenêtre, Winter regarda vers l'ancienne maison des Turner et vit que les Ranchers remontaient dans leurs véhicules. « Leur opération est terminée », songea Winter avec soulagement. Deux soldats transportaient le corps inanimé d'Abigail. Elle n'avait pas encore repris connaissance et n'avait donc pu informer les cow-boys qu'un autre vilain se trouvait dans les parages.

— Ils s'en vont, dit-il à Sydney.

Au même moment, il aperçut un coupé BMW de couleur bleu métallique se garer au coin des rues Grimm et Chaucer. Il attendit que les militaires aient quitté les lieux avant de prévenir Sydney que leur propre transport était arrivé.

— Misha ? fit-elle, sans grand enthousiasme.

— Misha, confirma Winter.

Ils sortirent de la maison, traversèrent la rue et se dirigèrent tranquillement vers la BMW. Misha et Duncan en descendirent pour les accueillir.

— Merci d'être venus, leur dit Winter.

— Tu me fais de nouveau confiance ? lui demanda Misha avec une pointe de sarcasme dans la voix.

— Ai-je le choix ?

Misha salua Sydney d'un simple hochement de tête. Plutôt que de lui rendre la politesse, Sydney la gratifia d'un regard chargé de mépris. Misha ne tarda pas à l'imiter et à afficher elle-même du dédain. Le sentiment d'hostilité qui animait les deux jeunes femmes était palpable, à tel point que Duncan jugea préférable d'intervenir pour éviter une escalade. Adoptant un air candide, il tendit rapidement la main pour se présenter.

— Duncan Redditch, dit-il avec son fort accent britannique. Enchanté de faire enfin ta connaissance, Sydney.

Elle lui serra la main mollement, presque avec désinvolture. Voyant que la situation n'avait guère de chances de s'améliorer entre Sydney et ses acolytes, Winter les invita à monter à bord de la BMW. Sydney et lui s'installèrent sur la banquette arrière, tandis que Misha et Duncan reprirent leur place à l'avant.

— Il faut quitter la ville, déclara Winter, alors que Misha démarrait, mais d'abord nous devons récupérer Ashley et Matthew.

La BMW effectua un virage en U dans Chaucer Street, puis roula jusqu'à l'intersection suivante. Sur la suggestion de Winter, ils choisirent d'emprunter les rues transversales pour se rendre à destination plutôt que de reprendre la route principale. Beaucoup moins fréquentées, ces rues liaient entre eux les différents quartiers de la ville. Plusieurs minutes furent nécessaires pour parcourir ce labyrinthe, mais ils parvinrent enfin à rejoindre Southey Street, puis Christian Street.

La voiture de Lewis Strange avait disparu, ce fut la première chose que nota Winter en arrivant sur les lieux. Il se priva toutefois d'en faire la remarque à Sydney, jugeant que c'était prématuré. Avant de faire des suppositions, il souhaitait tout d'abord vérifier si Ashley et Matthew les attendaient toujours dans la maison située en face des ruines de l'ancienne résidence des Fisher.

— La porte est ouverte, annonça Duncan tandis que Misha stationnait la voiture devant.

Les quatre occupants de la BMW examinèrent la façade avec perplexité, cherchant à comprendre ce qui avait pu se passer. Une porte d'entrée laissée ouverte avait toujours quelque chose d'inquiétant.

— Mauvais signe, fit Misha, exprimant le sentiment général.

— Je ne crois pas qu'on devrait rester ici, déclara Duncan. Ça sent l'entrée par effraction. Les types qui ont fait ça surveillent peut-être encore cet endroit.

— Laissez-moi sortir, leur ordonna Sydney.

Sa requête ne provoqua aucune réaction.

— Je veux sortir, laissez-moi descendre ! exigea-t-elle de nouveau.

Avant d'accéder à sa demande, Misha et Duncan, du regard, sollicitèrent l'avis de Winter. Ce dernier hocha la tête pour montrer qu'il était d'accord.

— De toute manière, je dois récupérer ma voiture, dit-il.

Récupérer sa voiture ? Misha n'était pas dupe. Winter se servait de ce prétexte simplement pour accommoder Sydney.

— Et qu'est-ce qui te fait croire qu'elle est encore là ? lui demanda-t-elle.

— Regarde, dit-il en montrant du doigt la porte du garage. Elle est fermée. Ce ne serait pas le cas s'ils avaient pris la voiture. Pourquoi se soucier de refermer la porte du garage et non celle de l'entrée ? Ma bagnole y est toujours. Allez, on y va.

Ils abandonnèrent la BMW et se dirigèrent ensemble vers les marches du perron. Duncan ne cessait de jeter des coups d'œil par-dessus son épaule, certain qu'ils étaient surveillés par une équipe du SRS ou par une bande de U. S. Ranchers.

— Détends-toi, mon vieux, lui conseilla Winter. S'ils avaient voulu nous tomber dessus, ce serait déjà fait.

Tous les quatre gravirent l'escalier du perron et pénétrèrent tour à tour dans la maison. Winter s'arrêta au salon où il fut vite rejoint par Sydney. Duncan et Misha demeurèrent en retrait dans le couloir. Le désordre apparent qui régnait dans cette pièce, et probablement dans toutes les autres, ne pouvait avoir qu'une seule cause : une descente musclée des militaires ou encore de la police. Pour les avoir vus à l'œuvre, Winter choisit de parier sur les U. S. Ranchers.

— Ashley ! cria Sydney en se frayant un chemin entre les meubles renversés et les objets brisés qui jonchaient le sol. Ashley, tu es là ?

Aucune réponse. La jeune femme retourna prestement vers le couloir, mais faillit trébucher sur l'amplificateur de la chaîne stéréo qu'on avait tirée de son étagère et qui reposait maintenant au pied de la bibliothèque. Par chance, elle fut rattrapée par Winter, qui lui évita une chute brutale.

— Matthew ? Matthew, réponds-moi ! s'exclama-t-elle, cette fois en reprenant son équilibre.

— Ne te fatigue pas, lui dit Misha. Ils les ont emmenés.

— Emmenés ? Mais où ça ?... Et qui les a emmenés ?

— Les U. S. Ranchers. À l'heure qu'il est, Matthew est probablement déjà en route pour Psycho Land. Quant à ta sœur, ils la détiennent sûrement quelque part pour l'interroger.

— Quoi ? Mais... mais comment...

Sydney fut incapable de terminer sa phrase. Une angoisse profonde lui serrait la gorge.

— Quelqu'un a forcément prévenu les Ranchers, dit Duncan. Comment ont-ils pu savoir qu'ils étaient ici ? La seule personne qui était au courant...

— Non, ce n'est pas mademoiselle Fox, le coupa immédiatement Winter. C'est Abigail Turner qui les a contactés pendant que Sydney et moi étions inconscients.

Winter songea alors à Robert Irving, le proprié-taire de la maison. Il eut envie de se rendre dans la chambre à coucher pour voir si l'homme était toujours ligoté sur le lit, mais se ravisa, jugeant que c'était inutile ; les cow-boys avaient dû l'emmener lui aussi pour le questionner.

— On n'a plus rien à faire ici, dit-il en se dirigeant vers la porte donnant sur le garage.

Sydney lui emboîta le pas, mais seulement pour le retenir.

—Pas si vite. Qu'as-tu prévu pour Ashley et Matthew ?

—Prévu ?

—On ne peut pas les abandonner, Winter.

—Et que veux-tu que je fasse ? Que je m'attaque à l'armée ? Tu n'imagines pas ce que ça représente, Syd. Et puis, j'ai déjà suffisamment à faire avec Lighthouse et ses apôtres.

Il pivota légèrement sur lui-même afin de s'adresser aussi à Misha et Duncan.

—Ne croyez pas qu'ils nous ont oubliés. Ils veulent notre peau, à tous. Sans oublier Fiona. Lighthouse veut me la prendre, j'en suis persuadé, mais je ne le laisserai pas faire. Le seul moyen de l'arrêter, c'est de découvrir l'endroit où il se cache et de l'éliminer avant que lui-même ne retrouve notre trace... ou celle de Fiona.

Misha fut la seule qui remarqua le trouble de Sydney.

—Qui est Fiona ? demanda cette dernière.

Un lourd silence s'abattit dans la maison. Winter échangea un regard avec Misha, puis revint à Sydney.

—Fiona est ma fille, dit-il.

Nouveau silence.

—Tu as... une fille ?

Winter acquiesça.

—Et je suppose que Misha est sa mère ?

—Oui.

Ne sachant qu'ajouter d'autre, Sydney hocha machinalement la tête.

—Écoute... commença Winter.

Sydney leva la main pour l'interrompre.

— Non. Je n'ai pas besoin d'explications.

Il insista tout de même :

— Ce n'est pas ce que tu crois. Misha et moi ne sommes pas amoureux.

— Il a raison, renchérit Misha.

— Taisez-vous tous les deux, leur intima Sydney. Je ne veux rien entendre !

— Tu n'as pas le choix, ma belle, rétorqua Misha d'un ton sévère. Je ne te laisserai pas jouer les vierges offensées, ça non, il n'en est pas question. Cette enfant est celle de Winter et elle n'a qu'un seul parent. Je l'ai conçue, oui, mais je n'éprouve aucun attachement envers elle. Et tu sais très bien pourquoi. Parce que je n'aime personne, pas même Winter. Mais lui, il est amoureux de toi. Je l'ai toujours su, je l'ai toujours senti. Tu peux lui reprocher quantité de choses, mais certainement pas de t'avoir abandonnée. Pendant toutes ces années, il n'a pensé qu'à toi. Tous les mois, il se rendait à Fairy Lake pour s'assurer que tu allais bien. Il ne m'en a jamais parlé, bien sûr, mais je l'ai suivi quelques fois, et j'ai compris. Il t'observait de loin, dans sa voiture. La plupart du temps, ça ne durait que quelques minutes, mais c'était suffisant pour le réconforter.

Sydney regarda Winter droit dans les yeux.

— Je... je ne savais pas, dit-elle.

— Il a assassiné des gens, c'est vrai, poursuivit Misha. Mais chaque fois, c'était pour te protéger. Bien qu'il affirme parfois le contraire, je ne le crois plus capable de tuer par simple plaisir. Et ça, c'est à toi qu'il le doit, et d'une certaine façon, je le déplore. J'aurais voulu qu'il soit comme moi, qu'il ait conservé son instinct inné de prédateur, mais il a cessé d'être un vilain le jour où il est tombé amoureux de toi. Fiona et toi, vous êtes ce qu'il a de plus précieux au monde.

Elle marqua un temps, puis reprit :

— Cette fillette a la chance d'avoir un excellent papa, mais elle n'a pas de mère. Je ne comprends rien à l'amour, mais je sais que Fiona en a besoin. Tout comme Winter. Ils ont besoin de toi, Sydney.

Sydney hocha la tête en silence, ce qui incita Winter à se rapprocher d'elle. Il replaça une mèche de cheveux tombée sur son front, puis pencha la tête et posa un tendre baiser sur ses lèvres. Sydney le percevait d'une manière différente à présent. Plutôt que de chercher à analyser son regard, elle se laissa envelopper par lui, et se sentit bien.

— C'est pas qu'on s'emmerde, les amoureux, intervint Duncan, mais il faudrait peut-être penser à mettre les voiles, non ? Il commence à se faire tard et je ne dirais pas non à un petit casse-croûte.

Apparemment, ils étaient tous du même avis. L'un après l'autre, ils quittèrent donc la maison pour le garage. En franchissant le seuil de la porte, Winter se retourna vers Misha et lui sourit pour lui exprimer sa reconnaissance. Nul doute que sans son aide, sa réconciliation avec Sydney se serait révélée beaucoup plus ardue.

Winter ne s'était pas trompé : sa voiture, une Audi modèle A8 de couleur grise, était toujours là. Les Ranchers avaient dû penser qu'elle appartenait aux résidents de la maison.

Winter s'approcha du véhicule et ouvrit l'une des portières pour jeter un coup d'œil à l'intérieur. Tout semblait en ordre. Il s'apprêtait à refermer la portière lorsqu'il aperçut un objet posé sur la banquette arrière. C'était une large enveloppe jaune adressée à Sydney. Il l'attrapa et la tendit à la jeune femme.

— C'est l'écriture de Matthew, annonça-t-elle dès qu'elle eut l'enveloppe entre les mains.

Elle s'empressa de l'ouvrir et d'examiner son contenu. Quatre choses s'y trouvaient : un téléphone portable, une pile au lithium, une fiole vide de Serexène, et pour finir, une enveloppe plus petite sur laquelle il était écrit, encore une fois de la main de Matthew : « À LIRE UN JOUR PAISIBLE. »

— Il prévoyait partir, déclara-t-elle sans pouvoir détacher ses yeux de l'enveloppe. Sinon, pourquoi avoir laissé cette lettre ?

Elle releva la tête vers Winter.

— Tu crois qu'Ashley et lui ont pu quitter cette maison avant l'arrivée des Ranchers ?

Winter repensa à la voiture de Lewis. Avaient-ils pu la prendre ?

— C'est possible, répondit-il sans grande conviction.

La raison de son manque d'enthousiasme était simple : il voulait à tout prix lui éviter de faux espoirs. Personne ne savait ce qui s'était réellement produit. Ashley et Matthew avaient peut-être réussi à échapper au raid des militaires, mais rien n'était moins sûr. Après tout, il était fort probable que les Ranchers aient remorqué la voiture de Lewis, ce qui expliquerait sa disparition.

— On va vérifier tout ça, promit Winter.

— Et cette fiole de Serexène, ça signifie quoi ? demanda Misha.

— Matthew n'avait pas de Serexène sur lui, répondit Sydney. Je peux vous l'assurer.

Winter saisit la fiole pour mieux l'examiner.

— C'était à Ashley, dit-il. Elle l'a trouvée dans les décombres de votre ancienne maison. Mais la fiole était remplie à ce moment-là. Le type qui vivait ici m'a confié que sa femme était infirmière. Matthew a sans doute trouvé une seringue et il s'est injecté la dose, je ne vois pas d'autre explication. Il a probablement écrit la lettre ensuite.

Sydney glissa la petite enveloppe dans sa poche, ce qui ne manqua pas d'étonner Misha.

— Tu ne veux pas la lire ? Il explique peut-être ses intentions et ce qui s'est passé ici !

— Plus tard.

« À LIRE UN JOUR PAISIBLE », avait écrit Matthew. Sydney comptait bien respecter son souhait.

— Et ce téléphone, à qui appartient-il ? demanda Duncan.

— À Steve Andrews, leur révéla Sydney. Matthew croyait qu'il pourrait nous être utile. Le numéro de Lighthouse est dedans. La pile a été retirée de l'appareil pour empêcher qu'on le localise.

Winter s'empara du téléphone.

— Matthew avait raison. Ça nous sera fort utile.

Mais Misha ne parut pas rassurée.

— Qu'est-ce que tu comptes faire avec ça ? Tu ne vas quand même pas contacter Mason et lui donner rendez-vous !

Plutôt que de répondre, Winter fouilla dans la poche de son pantalon et en retira l'émetteur GPS ainsi que la puce.

— Solliciter une rencontre aurait l'air suspect. Mais avec ça, précisa-t-il en désignant le petit émetteur dans sa main, il saura où me trouver.

— Tu n'es pas sérieux ! s'exclama Misha. Tu veux te livrer à lui ? C'est du suicide !

— Tu as une meilleure idée ?

— Il y a sûrement un autre moyen de se débarrasser de lui, avança Duncan. Pourquoi ne demandes-tu pas à ton informateur, Archibald, de t'aider ? Il sait peut-être où se cache Mason ?

— On ne contacte pas Archie, répondit Winter. C'est lui qui nous appelle lorsque c'est nécessaire. Il est à lui, ce téléphone. Archie, c'est Andrews. Il espionnait le SRS pour le compte du FBI, mais je doute que ce soit encore le cas. Le Service a été démantelé. S'il avait su quelque chose, il en aurait informé mademoiselle Fox. Elle aurait ensuite téléphoné à Misha pour la prévenir ou lui aurait fait parvenir un message sur son portable.

— Tu lui fais vraiment confiance à ce Andrews ? demanda Sydney.

— Je n'ai pas tellement le choix.

— Même après ce que je t'ai dit ? Il voulait me tuer, Winter, j'en suis certaine.

— Écoute, Syd…

Elle ne le laissa pas terminer.

— Les initiales KK, ça te dit quelque chose ?

Winter s'arrêta un moment de respirer.

— Pourquoi tu me demandes ça ?

— C'est grâce à Matthew si nous avons pu échapper à Andrews, expliqua Sydney. Il l'a littéralement assommé. En le fouillant, nous avons découvert une bague dans la poche de son veston. Les lettres KK étaient gravées dessus.

« *Kyries kai Kyrioi...* » songea Winter, qui dut déployer de grands efforts pour ne pas afficher son malaise.

— J'ignore ce que c'est, mentit-il. Mais je poserai la question à Andrews.

Sydney soupira.

— Tu es à ce point convaincu qu'il est de notre côté ?

— Ce dont je suis sûr, répondit Winter, c'est que ses copains du FBI et lui souhaitent mettre la main sur Lighthouse autant que nous.

Il fit une pause, puis ajouta :

— La meilleure solution reste donc d'appâter Mason pour le faire sortir de sa tanière.

— Et c'est toi qui serviras d'appât ? répliqua Misha avec impatience. Je ne te croyais pas aussi naïf, Winter. Mason, lui, ne l'est pas. Il se demandera pourquoi tu te promènes avec un émetteur GPS dans la poche. Il se méfiera.

— J'y ai pensé, figure-toi. Voilà mon plan : je prends la Audi et je sors de la ville. Je roule jusqu'à la station-service et je change ma voiture pour la fourgonnette, là où se trouvait l'émetteur à l'origine. Je ne réactiverai le signal qu'à ce moment-là. Lighthouse enverra ses hommes, pensant que Sydney et Matthew ont repris la route, mais c'est sur moi qu'ils tomberont. N'ayez crainte, ils ne me tueront pas. C'est une tâche que se réserve Mason. Ce sera lui contre moi.

— Je viens avec toi, déclara Sydney.

— Pas question. Tu vas avec Misha et Duncan. Je me dirigerai vers le sud, tandis que vous filerez en direction du nord, vers le Massachusetts, à bord de la BMW.

Sydney rejeta catégoriquement son idée.

— Je ne te quitte pas, Winter. Si tu y vas seul, Mason se doutera de quelque chose. Il saura que tu t'es laissé prendre volontairement.

— C'est un plan ridicule, intervint Misha. Ils vont vous tuer tous les deux.

— Je dois neutraliser Mason le plus rapidement possible, plaida Winter. Il en va de la sécurité de Fiona. Il n'y a pas d'autre solution, Misha. Tu sais très bien qu'il ne nous foutra jamais la paix tant que nous serons en vie. Il est encore plus dangereux que tous les Ranchers réunis.

— Je ne peux pas vous laisser faire ça, dit Misha. C'est hors de question.

— Moi non plus, renchérit Duncan. Désolé, Winter, mais si tu disparais, je perds ma principale source de revenus. Qui va m'employer après ça ? Laissez-nous au moins vous accompagner. Nous pourrions vous suivre et intervenir en cas de besoin.

— Fiona a besoin de toi, Winter, insista Misha. Et de toi aussi, Sydney. Si vous mourez tous les deux, il n'y aura plus aucun espoir pour elle.

Il y eut un bref moment de silence, pendant lequel ils échangèrent tous des regards circonspects.

—J'ai eu tort de te chasser, Misha, déclara finalement Winter. J'aurais dû te faire confiance.

—Tu es un survivant. Et les survivants se fient à leur instinct. Le reste importe peu. Pour gagner, il faut tout risquer, même les amitiés. Les gens comme nous n'enfreignent pas les règles. Ils les changent.

Le téléphone de Misha sonna à ce moment-là. Elle répondit, écouta, puis tendit l'appareil à Winter.

—C'est mademoiselle Fox. Steve Andrews l'a contactée. Il a laissé un numéro afin que tu puisses le joindre.

Il s'empressa de saisir le téléphone et le posa contre son oreille.

—Donnez-moi vite ce numéro, dit-il à mademoiselle Fox.

Winter et Mason

Mason et ses hommes avaient choisi d'établir leur quartier général dans un entrepôt désaffecté de Bethlehem, une petite ville située à l'ouest de Fairy Lake. L'armée n'effectuerait pas de rafle ici; la ville n'avait jamais accueilli le moindre vilain. Depuis la dissolution du SRS, qu'avait ordonnée le président lui-même, Mason et les autres Psycho Boys du service ne bénéficiaient plus d'aucun privilège. Ils étaient doré-navant considérés comme des parias, au même titre que tous les autres vilains, et seraient eux aussi condamnés à finir leurs jours à Psycho Land s'ils avaient le malheur de tomber entre les mains des U. S. Ranchers.

L'équipe de Mason était composée de cinq hommes : deux humains «normaux» et trois Psycho Boys. Du côté des humains, se trouvaient les fidèles lieutenants de Mason, Oliver Flint et Joey Brewer. Tous deux avaient également fait partie du Coronet. Les Psycho Boys Victor «Vick» Cardenas, Alby Serrano et Brando Valentine, d'anciens limiers employés par le SRS, complétaient le groupe.

Le système de surveillance par caméra fut la pre-mière chose que Mason et ses hommes installèrent à leur arrivée. Ils dissimulèrent une demi-douzaine de caméras miniatures aux diverses issues de l'entrepôt. Flint s'occupa ensuite de fixer l'antenne satellite sur le toit du bâtiment, puis de la relier à la console d'ordinateur. Joey se posta devant les écrans, avec l'ordre de ne pas les quitter des yeux. Il y en avait trois : le premier écran affichait le programme de repérage, tandis que les deux autres diffusaient en continu les images vidéo captées par les caméras à l'extérieur.

Lorsque Joey interpella Mason pour l'informer que l'émetteur GPS de la fourgonnette transmettait de nouveau son signal, ce dernier s'empressa de vérifier les coordonnées et de les transmettre à Flint, qui se rendit immédiatement sur les lieux en compagnie de Cardenas et Valentine.

— Le signal s'est interrompu à deux reprises, avait noté Joey.

Mason s'était penché par-dessus son épaule pour mieux voir la carte affichée à l'écran.

— Une première fois ici, à la station-service, avait indiqué Joey en montrant du doigt un petit carré gris situé le long de la route 8. Il vient tout juste de se réactiver au même endroit. Et il a émis un signal à Fairy Lake un peu plus tôt, dans Grimm Street. Qu'est-ce qui peut bien avoir causé ça à votre avis ? Une défectuosité de l'émetteur ?

— Aucune idée, avait répondu son patron. Mais nous serons bientôt fixés.

Il faisait nuit à présent. Flint et les deux Psycho Boys avaient quitté l'entrepôt depuis plus d'une heure. Ils ne tarderaient pas à donner des nouvelles.

—Les voilà, ils arrivent! annonça Alby Serrano depuis sa position.

Le Psycho Boy se tenait devant une fenêtre brisée, à la mezzanine. De là, il pouvait voir tout ce qui passait dans la cour extérieure.

Mason jeta un coup d'œil à l'écran de surveillance et constata qu'une fourgonnette s'était arrêtée devant la zone de livraison. Elle correspondait à la description qu'en avait faite Steve Andrews. C'était bien un véhicule appartenant au SRS, celui à bord duquel Sydney Fisher et Matthew Craine s'étaient enfuis de Marion, dans l'Indiana.

Sur l'écran, Mason pouvait suivre les mouvements de Cardenas et Valentine. Il les vit sortir de la fourgonnette, puis ouvrir la porte latérale. À la pointe de leurs armes, ils obligèrent leurs prisonniers à descendre du véhicule. Lorsqu'ils disparurent du champ de la caméra, Mason abandonna son poste auprès de Joey et alla à la rencontre des prisonniers.

Ceux-ci pénétrèrent les premiers dans l'entrepôt, suivis de près par les deux gardes Psycho Boys. Un homme et une femme, tous deux ligotés aux poignets. Mason ne put réprimer un sourire en reconnaissant Sydney Fisher, mais la satisfaction éprouvée était modeste comparée à celle qu'il ressentit quand il identifia l'homme qui l'accompagnait.

—Eh ben, si je m'attendais à ça! lança-t-il en s'arrêtant à quelques mètres d'eux. Je n'arrive pas à croire que le grand Winter Craine s'est fait prendre! Ça restera dans les annales!

Sydney et Winter se contentèrent de le fixer avec mépris.

— Dis-moi, Winter, tu ne l'aurais pas fait exprès, par hasard ?

Aucune réponse de la part du principal intéressé, ce qui ne surprit pas Mason. Il étudia Winter pendant quelques instants avant d'ajouter :

— Non, je ne pense pas. Si c'était une ruse, tu n'aurais pas risqué la vie de ta petite chérie en l'emmenant avec toi. On peut te reprocher bien des choses, mais pas d'être sans-cœur. C'est aussi ta plus grande faiblesse, tu sais.

Il s'adressa ensuite à Cardenas et Valentine :

— Où est Flint ?

— Nous avons intercepté la fourgonnette sur la route, entre Fairy Lake et Waterbury, expliqua Cardenas, mais Flint a insisté pour aller jeter un coup d'œil du côté de la station-service. Il croit que Matthew Craine pourrait s'y trouver.

— Je vois, dit Mason. Excellente initiative. On ne doit rien négliger avec ces rigolos ; ils ont plus d'un tour dans leur sac. Vous pensez avoir été suivis ?

— Non, répondit Valentine avec confiance. C'est moi qui étais au volant. Je m'en suis assuré.

La réponse sembla convenir à Mason.

— Je crois qu'il est temps de divertir nos hôtes, qu'en dites-vous ?

Les deux Psycho Boys acquiescèrent, puis entraînèrent Sydney et Winter dans un coin isolé de l'entrepôt. Là, ils les obligèrent à s'asseoir sur des chaises en métal et les attachèrent solidement aux montants. Ils se servirent d'une chaîne en acier pour immobiliser Winter – seul moyen de contenir la force du Psycho Boy et de s'assurer qu'il ne romprait pas ses liens –, alors qu'une simple corde fut suffisante pour Sydney. Ils les bâillonnèrent ensuite avec une large bande adhésive.

— Aujourd'hui, c'est moi qui cause, les prévint Mason. Et ce que j'ai à dire ne vous plaira sûrement pas.

Il plongea la main dans la poche intérieure de son veston afin de dégainer son Glock, puis donna l'arme à Alby Serrano qui venait de les rejoindre. En échange, Serrano lui remit un sabre japonais, semblable à ceux qu'utilisaient les samouraïs.

— Un véritable katana, mon arme de prédilection, déclara Mason avec une fierté non dissimulée. Beaucoup plus gracieux que ton filin étrangleur, n'est-ce pas, Winter ?

Il exécuta quelques mouvements de kenjutsu pour faire la démonstration de son adresse, avant de glisser l'extrémité de la lame sous le menton de son prisonnier.

— On me soupçonne d'une quinzaine de meurtres, se vanta le Premier. En fait, on les attribue à celui qu'on surnomme le Bourreau de Bangor, mon alter ego. Tu en as entendu parler ?

Winter secoua la tête.

— Il est surtout connu dans le Maine, précisa Mason. Mais son identité demeure secrète. C'est l'avantage de bosser pour les U. S. Marshals. Suffit de réorienter les pistes.

Il fit passer sa lame de Winter à Sydney.

— Ne t'en fais pas, mon garçon, je vais te tuer aussi. Mais avant, je compte bien me débarrasser de ta petite amie, et faire ainsi d'une pierre deux coups : j'éliminerai la dernière Junker et te ferai pâtir par la même occasion. Ce n'est que juste rétribution, tu ne trouves pas ? Mais je ne lui couperai pas la tête, non. C'est un sort que je te réserve. Je préfère transpercer son cœur. Ce cœur qui déborde d'amour pour toi et qui t'a transformé en véritable mauviette.

Sydney se tourna vers Winter et lui lança un regard affolé. Il tenta de protester, mais ne réussit qu'à émettre des grognements hargneux, ses paroles étant étouffées par la bande adhésive collée sur sa bouche.

— Ça ne te plaît pas, Winter ? lui demanda Mason. Alors c'est parfait.

Le Premier abaissa la lame de son sabre et la posa contre la poitrine de Sydney, à la hauteur du cœur. Il n'avait qu'à appuyer sur le manche pour que la lame pénètre la chair.

— Je vais la tuer devant toi. Et plus tard, je m'occuperai de ta fille. Mais rassure-toi, je ne lui ferai aucun mal. Je retrouverai Fiona et l'élèverai comme si elle était ma propre enfant. Avec tout l'amour dont je suis capable, ajouta-t-il avec ironie. Elle est promise à de grandes choses. Et avec moi comme guide, sois certain qu'elle n'échappera pas à son destin.

Winter grogna de nouveau, tout en déployant de vains efforts pour se défaire de ses chaînes. Elles étaient beaucoup trop solides. Ce constat d'impuissance ne fit qu'alimenter sa frustration, au grand plaisir de Mason.

— Le temps est venu de dire adieu à ta chérie, annonça-t-il en resserrant sa prise sur le manche du katana. D'ordinaire, c'est à ce moment-là que tu sors un lapin de ton chapeau pour nous surprendre et te tirer d'affaire. Alors ?... Rien ?

Winter cessa de se débattre et adressa un regard assassin à son vis-à-vis.

— Ne me dis pas que tu t'avoues enfin vaincu? susurra Mason.

Il s'apprêtait à enfoncer son sabre dans la poitrine de Sydney lorsque celle-ci se débarrassa brusquement de la corde qui la maintenait immobile. Du plat de la main, elle écarta la lame du katana, puis se releva d'un bond. Surpris, Mason eut un mouvement de recul. Il s'empressa de revenir à la charge et asséna à Sydney une gifle assez puissante pour la projeter au sol.

— Mais comment a-t-elle pu…

— Patron! Patron! s'écria une voix provenant de l'autre extrémité de l'entrepôt.

Mason releva la tête et vit Flint qui accourait dans sa direction. Il était de retour et tenait quelque chose dans ses mains. On aurait dit une grosse valise.

— La voiture de Winter! s'exclama Flint. Il l'a laissée à la station-service. J'ai trouvé ce truc dans le coffre arrière. Il y a quelque chose d'écrit dessus, mais c'est en russe, je crois.

Il fallut quelques secondes à Mason pour réaliser ce que c'était.

— Merde! lança-t-il en se penchant sur Sydney.

Il referma sa main sur le visage de la jeune femme, comme s'il cherchait à écorcher sa peau, puis arracha la pellicule de latex qui recouvrait ses traits. La femme qu'il avait failli tuer n'était pas Sydney. C'était Misha, sa propre sœur. Voilà pourquoi elle avait rompu ses liens aussi facilement. Contrairement à Winter, on ne l'avait pas attachée avec une chaîne, mais avec une corde. Ce n'était pas suffisant pour contenir une Psycho Girl de sa trempe.

— C'est pas vrai…

Mason se releva promptement, puis se dirigea vers Winter. Cette fois, il utilisa ses deux mains pour retirer le bâillon, puis le masque de l'homme. Sous les faux traits de Winter, il découvrit ceux de Duncan Redditch.

— Fils de pute… murmura le Premier entre ses dents serrées.

— J'ai toujours aimé me déguiser à l'Halloween, ricana Duncan. *Trick or treat?*

Ajoutant l'injure à l'insulte, Redditch lui décocha un clin d'œil amusé. Mason se préparait à le frapper lorsque la sonnerie d'un téléphone portable résonna dans l'entrepôt. Comprenant qu'il s'agissait du sien, Flint déposa la valise et répondit à l'appel. Il écouta en silence, puis reprit sa marche en direction de Mason.

— Pour vous, dit-il en lui tendant le portable. C'est Winter Craine.

— Craine? Comment a-t-il eu ce numéro?

— Il… il appelle du téléphone de Steve Andrews…

Mason prit le téléphone et posa le récepteur contre son oreille.

— "La honte, c'est le fait de perdre, et non celui de tromper pour gagner", déclara Winter à l'autre bout du fil. Pas con, ce Machiavel…

— Je vais te tuer, Winter! rétorqua Mason avec fureur. Je vais te retrouver et te tuer! Et je vais tuer tous ceux que tu aimes!

— La ferme et écoute-moi, Mason. Tu n'es plus en position de menacer qui que ce soit.

— En es-tu certain ? Misha et ton copain Duncan, je vais leur trancher la gorge et les laisser se vider de leur sang. À moins que tu ne te rendes. Je te donne une heure pour nous rejoindre ici, pas une minute de plus ! Tu m'as bien compris ?

Winter se mit à rire.

— Tu ne tueras personne, soutint-il avec aplomb. Misha est ta sœur, je suis au courant. Tu ne lui feras aucun mal. Quant à Duncan, libre à toi de l'égorger si ça te chante, mais je te le déconseille. Vaut mieux éviter les carnages, ça risquerait d'énerver les Ranchers et ils pourraient décider de t'abattre sur-le-champ.

— Les Ranchers ? Qu'est-ce qu'ils viennent faire là-dedans ?

— Le soulier gauche de Duncan, répondit Winter. Fouille-le. J'y ai laissé un petit cadeau pour toi.

Mason s'accroupit devant Duncan et s'empressa de lui retirer sa chaussure. À l'intérieur, il vit un petit objet de forme carrée sur lequel on pouvait voir un serpent ailé tenant une flèche et une souris dans sa gueule. L'emblème du défunt Strategy and Research Service.

— Tu as trouvé l'émetteur GPS ? demanda Winter. C'est celui de la fourgonnette. Grâce à moi, le FBI et l'armée sont en mesure de détecter son signal. Ils suivent tes hommes à la trace depuis que Misha et Duncan ont été capturés. Tu sais ce que ça veut dire ? D'une minute à l'autre, les U. S. Ranchers encercleront votre planque. Les carottes sont cuites, mon vieux.

Au même moment, Joey releva la tête de son écran de surveillance pour interpeller Mason.

— Un véhicule approche par l'entrée nord ! s'écria-t-il. Non, deux ! Attendez… Il y en a un troisième, à l'entrée sud ! Des militaires débarquent. C'est l'armée, patron ! L'armée ! On est foutus !

Un vrombissement infernal retentit au-dessus de l'entrepôt. Ça ne pouvait être que des hélicoptères. Mason observa chacun de ses hommes, incapable d'articuler la moindre parole ni de leur transmettre la moindre consigne.

— Tu m'enverras une carte postale de Psycho Land, dit la voix de Winter dans le récepteur. On dit que le paysage est magnifique là-bas !

Mason coupa la communication sans ajouter un mot. L'air hagard, les épaules tombantes, il tira une chaise et s'y installa. Il examina son sabre pendant quelques secondes avant de le laisser tomber mollement par terre. Ce geste désintéressé ne contribua en rien à rassurer ses hommes.

— Patron, qu'est-ce qu'on fait ? lui demanda Flint.

Plutôt que de répondre, Mason se tourna vers Misha. La jeune femme était parvenue à reprendre ses esprits, malgré le violent coup qu'elle avait reçu au visage. Mason lui offrit sa main et l'aida à se remettre debout, comme pour se racheter.

— Comment as-tu pu te sacrifier pour ce minable ?

Misha fixa son frère un bref moment avant de lui répondre :

— Ce n'est pas pour lui que je l'ai fait.

— Pour qui alors ? Ta fille ? Ne me dis pas que tu t'es enfin découvert des sentiments maternels !

Misha haussa les épaules, l'air songeuse, puis sourit.

— Le cœur a ses raisons que la raison ignore, paraît-il.

L'instant d'après, les premiers commandos de Ranchers faisaient leur entrée dans l'entrepôt. Ils étaient si nombreux et si bien armés que les hommes de Mason n'eurent d'autre choix que de déposer les armes.

Une fois maîtrisé et menotté, Mason fut conduit à l'extérieur, où l'attendait un groupe d'hommes vêtus en civil. Ils portaient tous des lunettes fumées, ainsi qu'un chic costume de couleur noire, une cravate grise et une paire de chaussures cirées. Des agents du FBI, à n'en pas douter. L'un d'entre eux, le plus petit, s'avança vers Mason. Ce dernier ne le reconnut pas tout de suite. Il dut attendre que l'homme retire ses lunettes avant de pouvoir l'identifier.

— Steve Andrews…

— Et toi, tu es Mason Sperry, alias Peter Lighthouse, répondit l'homme avec entrain. Quelle belle prise, n'est-ce pas ? ajouta-t-il à l'intention de ses collègues en complet.

Andrews, ancien agent du SRS à qui Hansen Crow avait confié la tâche d'assassiner Sydney Fisher et Matthew Craine. Il ne s'était pas montré à la hauteur. Ce qui n'avait plus rien d'étonnant à présent.

— Si je comprends bien, fit Mason, tu as infiltré le SRS pour le compte du FBI ? Depuis quand travailles-tu pour eux ?

— Depuis plusieurs années. Mais ce serait trop long à t'expliquer et le temps nous manque.

— Tu fais aussi équipe avec Winter Craine ?

Andrews se mit à rire.

— Bien sûr que non.

« Il ment, ce sale traître, c'est évident », pensa Mason.

— Allez, embarquez-le, ordonna Andrews aux Ranchers qui escortaient Mason. Il doit bien y avoir encore une place sur l'île des Monts Déserts pour notre invité de marque.

Ce fut au moment où Andrews leur indiqua la direction à prendre que Mason remarqua la chevalière passée à son doigt. La bague était en or. Sur son chaton plat étaient gravées les initiales KK, pour « *Κυρίες και Κύριοι* », la traduction grecque de Ladies & Gentlemen. Steve Andrews ne faisait pas seulement partie du FBI, mais était aussi membre de cette organisation militante, créée par Anton Petridis, un immigrant grec, en réponse au meurtre de sa fille, Maria. La jeune Petridis avait été tuée huit ans auparavant, en revenant de l'école, par un Psycho Boy de son quartier. Encore aujourd'hui, Petridis vouait une haine farouche à tous les enfants de la génération Patecal. Ses lieutenants et lui avaient avait fait pression sur le président et sur le Congrès afin qu'ils appuient sans réserve le projet Psycho Land. Ces gens étaient des radicaux. Ils ne souhaitaient qu'une chose : voir la fin des Psycho Boys. De tous les Psycho Boys, sans exception. Winter n'y échapperait pas. S'il commettait l'erreur de faire confiance à Andrews, il finirait lui aussi ses jours à Psycho Land. « On se reverra tôt ou tard, Craine, songea Mason alors que les Ranchers le forçaient à grimper dans l'un des hélicoptères. Et lorsque ce moment viendra, crois-moi, je ne perdrai pas de temps en discussions. »

Sydney et Winter

Ils roulaient sur la route 202 en direction de Westfield, Massachusetts, à bord de la BMW de Misha.

— Tu m'enverras une carte postale de Psycho Land. On dit que le paysage est magnifique là-bas !

Winter mit fin à l'appel, puis baissa la vitre de sa portière et jeta le téléphone d'Andrews à l'extérieur.

— Tu crois que ça nuit à l'environnement de balancer ainsi des portables dans la nature ? demanda-t-il à Sydney.

Mais la jeune femme n'était pas d'humeur à blaguer.

— Alors, comment a-t-il réagi ?

— Mason ? À ton avis ?

— Plutôt mal, j'imagine, répondit Sydney. Tu dois une fière chandelle à Misha et à Duncan. Tu sais qu'ils les enverront à Psycho Land, n'est-ce pas ?

— Ça me semble logique, en effet.

— Et ça ne te pose pas de problème ?

Winter soupira, sachant très bien où allait les mener cette conversation.

— Des problèmes, j'en ai eu plus que ma part.

— On ne peut pas les laisser tomber, insista Sydney. Une véritable guerre éclatera entre ces murs. Ils vont s'entretuer, jusqu'au dernier. Seul le plus puissant d'entre eux survivra. Et on sait très bien de qui il s'agit.

— Mais c'est *Hunger Games* que tu me résumes là…

— Je suis sérieuse, Winter. Mason aura l'aide de son ancienne équipe là-bas. Tous ces Psycho Boys qui travaillaient pour le SRS vont se joindre à lui. Nos amis n'auront aucune chance contre eux.

Winter comprenait ses craintes, elles étaient justifiées, mais il n'entrevoyait aucune solution pour le moment.

— Qu'est-ce que tu proposes, Sydney? Que devrions-nous faire? Aller cogner aux portes de Psycho Land et les supplier de libérer nos copains?

— Je ne sais pas. Je n'en ai aucune idée. Mais il faut trouver quelque chose.

— Je dois penser à Fiona maintenant, la mettre à l'abri, sinon le sacrifice de Misha n'aura servi à rien. Ils n'ont pas capturé tous les Psycho Boys, Sydney. J'en suis la preuve. Quelques-uns se sont certainement enfuis, augmentant ainsi le nombre de Jack O' Spades encore en cavale. Certains d'entre eux travaillent peut-être pour Mason.

Winter fit une pause, puis ajouta :

— Notre liberté doit servir à protéger Fiona.

Sur ce point, Sydney ne pouvait le contredire. Ils devaient s'occuper de l'enfant, c'était ce qui avait été convenu avec Misha. Mais peut-être existait-il un autre moyen de venir en aide à Ashley et aux autres? Un moyen qui ne les obligerait pas à renier leur promesse?

— Tu as des contacts, tu connais plein de gens, plaida Sydney. Ne pourrais-tu pas embaucher quelques hommes pour les secourir?

— Pour les aider à s'évader, tu veux dire ? C'est de la folie, Syd. Cette prison sera gardée en permanence par les U. S. Ranchers. Personne n'y entrera ni n'en sortira sans l'autorisation officielle du département de la Sécurité intérieure.

Elle prit une grande inspiration. Elle devait se rendre à l'évidence : la tâche s'annonçait beaucoup plus difficile qu'elle ne l'aurait cru.

— Il y a une solution, affirma-t-elle, refusant de se laisser décourager. Et nous la trouverons, tu peux compter sur moi.

Un lourd silence tomba dans la voiture. Sydney en profita pour sortir de sa poche la lettre de Matthew. « À LIRE UN JOUR PAISIBLE », disait la note. La jeune femme se fit la réflexion que ce jour ne viendrait peut-être jamais et décida d'entamer sa lecture.

Sydney, j'ignore comment commencer cette lettre. Il y a tant de choses que j'aimerais te dire. Et j'ai tant de choses à me faire pardonner.

Premièrement, sache que Ashley a contacté l'assistante de Winter grâce au dernier numéro qu'il a laissé dans son portable. Des gens sont en route pour vous retrouver et vous libérer des griffes d'Abigail. Je suis sûr qu'ils réussiront. Winter a plus d'un tour dans son sac. Il est fort et brillant. Il ne permettra jamais qu'on te fasse du mal. Au moment où tu liras cette lettre, vous serez probablement libres tous les deux et je m'en réjouis.

En ce moment, comme tu t'en doutes, je suis avec Ashley. Ta sœur va bien, elle me prie de le mentionner. Plus tôt, elle a découvert une fiole de Serexène dans les ruines de votre ancienne maison. Elle a insisté, avec raison, pour que je me l'injecte. Le médicament a déjà commencé à faire effet.

Je commence tout juste à réaliser l'ampleur de ce que je t'ai fait subir durant les dernières heures. J'en suis désolé, crois-moi. Jamais je ne me pardonnerai de t'avoir traitée de cette façon. Ce n'était pas moi. Enfin, peut-être un peu. Je ne sais plus. J'ai du mal à réfléchir, à comprendre ce qui m'est arrivé.

La privation de Serexène m'a transformé en monstre. En fait, elle a plutôt éveillé quelque chose en moi. Une bête qui dormait. Une fois libérée, elle est devenue incontrôlable. Et à cette heure, j'en ai honte. Je m'en veux de ne pas avoir su la contrôler. Mais peut-être était-ce impossible ? Quoi qu'il en soit, il vaut mieux pour toi que je disparaisse. Le Serexène fourni par ta sœur n'agira que pendant une vingtaine d'heures, tout au plus. Après, il me faudra trouver une autre source d'approvisionnement. Je crains de ne pas y parvenir à temps, ce qui aura pour effet de libérer la bête à nouveau. Qui sait ce qu'elle fera cette fois et jusqu'où elle ira ? Ashley n'a ménagé aucun effort pour me convaincre de prendre cette dose. Au début, je ne voulais pas. J'ai rejeté l'idée jusqu'à ce qu'elle me parle de toi. C'est l'amour que je ressens pour toi qui m'a persuadé de prendre le Serexène. Mais cet amour, je sais qu'il est à sens unique. La bête le sait aussi, et elle t'en veut pour ça. Pas moi.

J'ignore comment Winter est parvenu à contrôler ses pulsions. Il est plus fort que moi, certes, mais il y a autre chose. Il y a ton amour. Si tu m'avais aimé autant que tu l'aimes, il est probable que la bête en moi se serait apaisée, comme elle s'est apaisée chez Winter. C'est la clé. L'amour d'une Junker peut changer un Psycho Boy. Il le rend plus humain, il illumine son côté sombre. Ça n'a pas fonctionné sur moi, tu en as été témoin. Pourquoi? Parce que ce n'est pas de moi dont tu es amoureuse, Sydney.

Si j'éprouve de l'amour pour toi, c'est parce qu'à un moment ou à un autre, tu as ressenti de l'attirance envers moi. Probablement parce que je te rappelle Winter. Mais cette attirance n'a jamais été de l'amour véritable. Souviens-toi, il suffit qu'une Junker éprouve de l'attachement envers un Psycho Boy pour le rendre amoureux. Affection et tendresse ne parviennent pas à l'apaiser cependant. Seul le grand amour est assez puissant pour lui faire reprendre contact avec ses émotions. Tu as fait de grands efforts pour te convaincre que tu m'aimais, et pour m'en convaincre aussi, mais il faut que ça cesse à présent. Tout ça est inutile. Et dangereux pour tout le monde.

Winter et toi, vous vous aimez, je le sais, et il est temps que le destin vous réunisse enfin. C'est la raison pour laquelle je dois partir. Je prendrai la voiture de Lewis et quitterai Fairy Lake, mais pas avant d'avoir rendu le corps de mon ami à ses parents.

Ashley n'a pas l'intention de m'accompagner. Elle préfère rester ici et vous attendre. Elle est convaincue que vous serez bientôt de retour. Ne cherche pas à me contacter ni à me retrouver. J'ignore moi-même la direction que je prendrai. Si je n'arrive pas à me

procurer du Serexène, le Matthew que tu as connu
cessera à jamais d'exister.

Je garde tout de même espoir de te croiser dans
une autre vie, Sydney Fisher. En attendant, souviens-
toi que je t'aime et que je t'aimerai toujours, et que
c'est pour cette raison que je t'implore d'aller vers
Winter, le seul qui te soit réellement destiné. Le seul
que tu puisses sauver.

Matthew

Sydney plia la lettre et la rangea dans sa poche.

— La voiture de Lewis était toujours là quand nous sommes arrivés à l'endroit où nous devions rencontrer Ashley et Matthew? demanda-t-elle à Winter.

Sur le coup, il hésita à répondre, mais conclut finalement qu'il ne servait à rien de lui mentir.

— Non. Quelqu'un l'avait prise.

Elle acquiesça en silence, puis ajouta:

— C'est Matthew. Il a eu le temps de s'échapper.

— C'est ce qu'il a écrit dans la lettre? Et Ashley était avec lui?

— Non. Elle nous a attendus.

Tous les deux savaient ce que ça signifiait. La jumelle de Sydney était encore dans la maison lorsque les Ranchers avaient effectué leur raid. Où se trouvait-elle en ce moment? L'avait-on incarcérée à Psycho Land avec les autres enfants de la génération Patecal, ou bien la gardait-on captive quelque part dans le but de l'interroger, comme l'avait laissé entendre Misha?

Après quelques instants de silence, Winter déclara:

— Ne t'en fais pas. Nous retrouverons Ashley, je te le promets. Avant de nous séparer, Duncan m'a filé un nom et un numéro de téléphone. Un ami à lui en Angleterre qui dispose de grandes ressources, m'a-t-il assuré. Il pourra sans doute nous aider.

— Quel genre d'ami ? Un autre Psycho Boy ?

— Je ne crois pas, non. Duncan a parlé d'un Spook.

— Un Spook ?

— C'est le nom donné aux agents du MI5 et du MI6, les services de renseignement britanniques. Duncan a déjà travaillé pour eux. Il m'a juré que ce type était réglo.

Sydney n'aimait pas cette idée, mais si ce contact de Duncan représentait effectivement leur dernier espoir, alors soit, il lui faudrait faire avec, qu'elle soit d'accord ou non. La vie d'Ashley en dépendait. Elle devait faire confiance à Winter. «Faire confiance à Winter ?» se répéta-t-elle, elle-même surprise par cette perspective. «Winter a plus d'un tour dans son sac, avait écrit Matthew. Il est fort et brillant. Il ne permettra jamais qu'on te fasse du mal.» Plus loin, il avait ajouté : «Si tu m'avais aimé autant que tu l'aimes, il est probable que la bête en moi se serait apaisée, comme elle s'est apaisée chez Winter. C'est la clé. L'amour d'une Junker peut changer un Psycho Boy. Il le rend plus humain, il illumine son côté sombre.»

La jeune femme baissa la tête et ferma un instant les yeux. «Winter, songea-t-elle, je t'ai jugé si sévèrement. Alors qu'il me suffisait... de t'aimer.» Elle paraissait soudain beaucoup plus calme, comme si on venait de la libérer d'un terrible poids. Mais contrairement à ce que pensa Winter, ce n'était pas le soulagement qui l'habitait. «Pendant toutes ces années, il n'a pensé qu'à toi, lui avait confié Misha. Tous les mois, il se rendait à Fairy Lake pour s'assurer que tu allais bien. Il t'observait de loin, dans sa voiture. La plupart du temps, ça ne durait que quelques minutes, mais c'était suffisant pour le réconforter. »

— Ça va, Syd ?

— Aujourd'hui, malgré tout ce que nous avons traversé, c'est bel et bien un jour paisible.

Winter ne voyait pas où elle voulait en venir.

— Arrête la voiture, ordonna-t-elle.

— Quoi ?

— S'il te plaît, Winter.

— Syd, je te rappelle que nous devons être à Springfield dans moins d'une heure. Nous avons rendez-vous avec mademoiselle Fox et…

— Il faut que je te dise un truc, le coupa-t-elle. C'est important. Ça ne prendra que quelques instants.

Winter soupira, puis diminua sa vitesse et dirigea la BMW au bord de la route. Une fois la voiture immobilisée, il éteignit le moteur et attendit les instructions de Sydney.

— Qu'est-ce qui se passe ? demanda-t-il, visiblement inquiet.

— Matthew… Il a compris.

« C'est pour cette raison que je t'implore d'aller vers Winter, avait écrit Matthew. Le seul qui te soit réellement destiné. »

— Il a compris quoi ?

— Ce que j'aurais dû comprendre il y a longtemps.

« Le seul que tu puisses sauver. »

— Je ne te suis pas, Syd.

Elle lui sourit comme elle l'avait fait dans la maison d'Abigail Turner, avec tendresse et confiance. Elle sortit ensuite de sa poche un objet en bois de forme circulaire. Winter le reconnut aussitôt : c'était le socle de la boule à neige qu'il lui avait offerte pour son quatorzième anniversaire. « Pour que tu te souviennes toujours de moi », avait-il dit alors.

— Je me souviens, Winter, affirma Sydney en lui tendant le socle.

Il le prit dans sa main et passa doucement son pouce sur l'inscription qu'il avait fait graver pour elle : « J'avance dans l'hiver à force de printemps. »

— Je me souviens de toi, reprit-elle. Et de nous. Il n'y a toujours eu que toi, depuis le début. Je t'en ai longtemps voulu parce que tu m'avais abandonnée, mais au plus profond de moi, je savais que ce n'était pas vrai. Tu as toujours été là.

— Sydney, je…

Elle ne le laissa pas terminer sa phrase.

— Je t'aime, Winter.

Il en resta muet. Bien que cela le rendît fort heureux, Winter ne s'attendait pas à une telle déclaration. Sa gêne était évidente et amusa Sydney. Elle ne l'avait jamais vu aussi désemparé. Winter Craine, le célèbre Psycho Boy, pouvait-il réellement se montrer vulnérable ? Cette soudaine fragilité le rendait encore plus séduisant à ses yeux.

Souhaitant mettre un terme à son supplice, Sydney lui adressa un nouveau sourire, puis lui murmura :

— Qu'attends-tu pour m'embrasser ?

À suivre…

Suivez-nous

GARANT DES FORÊTS
INTACTES

Achevé d'imprimer en mai 2014
sur les presses de Marquis-Gagné
Louiseville, Québec